新典社選書 81

古典の叡智

――老いを愉しむ

小野 恭靖 著

新 典 社

はじめに

この本を手に取ってくださった皆さん、はじめまして。私は本書の著者の小野恭靖《おのみつやす》と申します。「袖振り合うも多生の縁」と申します。どうか最後までおつき合いください。

さて、私は関西圏で、シニア世代の方々を対象とした数多くの市民講座の講師を務めさせていただいています。受講者の中には、日本の古典文学を通して、自らが生きてきた意味を考え、老後の時間を豊かに過ごすことを期待してくださる方が、講師の予想以上に多くいらっしゃいます。近年の経済優先、効率化優先、実学優先の社会的風潮の中で、日本古典文学は不要のものとして、大学教育の学問分野から追い出されつつあります。しかし、シニア世代の方々の中に、日本古典文学を必要としている人が、確実に存在しているのです。それは日本古典文学に、様々な先人たちの人生が集積されており、それら先人たちの生き様こそが、現代を生きる我々に、多くの示唆を与えてくれることによります。シニア世代にとどまらず、若者世代から働き盛りの世代の人々にとっても、日本古典文学から学ぶものは多いと確信します。本書は、そんな日本古典文学作品中に見られる珠玉の言葉を、歌や随筆、物語から抜き出し、簡単な解説を加えた一書です。

人生は儚《はかな》い、しかし儚いからこそ美しいとは、私たち日本の先人たちが、繰り返し説いてきたことでした。それでは、美しい老後を生きるためには、どうしたらよいのでしょうか。いま、改めて先人たちの言葉に耳を傾け、自らの老後を気楽に、楽しく、そして美しく生きる知恵を共に学ぼうではありませんか。本書は、そんな思いから出発しています。私が専門にしている日本古典の詩歌や、古典文学作品の中から、老いを生きる喜怒哀楽を描いた一節や、老いに必要な知恵についての金言を抜粋し、必要最低限の解説を施しました。老いは、この世に生命が誕生して以来、普遍的に存在するものです。時には悲惨なものとして語られる老いですが、けっして悲しく、苦しいだけのものではありません。先人の老いに対する考え方や、老いそのものから、学ぶべきものは多いはずです。

生きとし生けるものは、すべて老いと死に向き合わなければなりません。人もまた例外ではありません。ゴータマ・シッダールタ（釈迦）が悟りを得たのは、命あるものが宿命的に背負っている生老病死《しょうろうびょうし》の苦しみを、どのように克服するかというところに端を発していました。古代、中国の皇帝は、不老不死の仙薬を血眼《ちまなこ》になって探させたと言います。人が夢見てきた究極の理想郷《ユートピア》は、不老不死の世界に他なりませんでした。科学技術の進んだ現代、昔と比べて生活は楽になり、また豊かにもなりました。医学の進歩によって、平均寿命も延びました。しかし、生老病死の苦しみは、太古の昔となんら変わることがなく、むしろ中途半端に長くなった老いの期間を、どのように過ごすかという新たな大問題が発生しています。

鎌倉時代の僧、無住道暁《むじゅうどうぎょう》編の説話集『沙石集《しゃせきしゅう》』（弘安六年〈一二八三〉成立）には、次のような一節があります。

色代《しきだい》にも「御年《おんとし》よりも、遥かに若く見え給ふ」と云《い》ふは嬉《うれ》しく、「ことのほかに老いてこそ見え給へ」と云へば、心細く本意《ほい》なきは、人ごとの心なり。

（巻八ノ四「老僧の年隠したる事」）

「御世辞であっても「お年よりもずっと若くお見えになります」と言われれば、嬉しくなるものだし、「ひどく老けてお見えだ」と言われれば、心細く残念な気持ちになるのは、誰しも同じである」と言うのです。無住は、人が老後の見た目に振り回される心の弱さ、老いへの怯《おび》えを戒めています。そうは言っても、いつの時代でも、我が身が少しでも若くあることを望み、長命を願うのが人の欲望というものに違いありません。欲望から逃れることができない、人間というちっぽけな生命体こそ、神仏が憐れみ、加護し続けてきた対象そのものなのです。そう開き直れば、楽な気持ちで老後を過ごすこと、いやもっと積極的に、楽しみながら老後を生きることこそが、我々に求められているのではないかと思われるのです。

松尾芭蕉は、「老いの名の　ありとも知らで　四十雀《しじゅうから》」という句を、元禄六年（一六九三）一〇月に五十歳で詠みました。芭蕉は翌元禄七年一〇月に、数え年五十一歳で亡くなりましたから、最晩年の句と言えます。この句は「あの四十雀という鳥は、自らに四十という老年の名が付けられていることも知らずに何とも呑気なものだなあ」という意味です。そうなのです。この精神こそ大切なのです。私たちも、自分が老いを迎えていることを、過剰に意識せず、日々を淡々と、そして常にポジティブに、生きることが求められているのです。

二〇一一年三月の東日本大震災によって、一瞬にして多くの命が奪われたことは、鮮烈な記憶として、皆様の心の中に残っていることでしょう。その際には自分が犠牲にならなかったことが奇跡のように思え、人の生というものについて、改めて考えさせられました。生命とは、自らの意志によって存在し、持続しているものではなく、何か大きな力の作用によって、この世に仮に置かれているものであることを痛感したものです。それは言うなれば、大宇宙に生かされているような気分でした。我々は生かされた命を、せいぜい精一杯生きる以外にすべはありません。そんな人生の道しるべになることを願って、日本古典文学作品の中の先人たちの含蓄ある言葉を、紹介していきたいと思います。

目　次

老いの自覚

・我見ても　久しくなりぬ　住の江の　岸の姫松　幾世経《へ》ぬらむ

（『古今和歌集《こきんわかしゅう》』雑上・九〇五・詠み人知らず）

・住吉の　岸の姫松　人ならば　幾世か経しと　問はましものを

（『古今和歌集』雑上・九〇六・詠み人知らず）

人生の後半ともなると、否応《いやおう》なく老いを自覚させられる機会が出てきます。自らの体調の不良や、親しい人の死などです。朝、目覚めて、布団から起き上がろうとすると、背中や腰に昨日までなかった痛みが走る。何かめまいのような感覚に襲われる。このように自らの身体に、いつもの自分とは異なる違和感を持つことが多くなってきます。それだけでも心細いのに、いつしか身近な人が傍から姿を消し、親しく通った店まで閉店してしまうのです。時には長く世話になった年下の医者が先に亡くなったりもします。そんな時には世の無常とともに、自らの命の行く末に不安を覚えてしまうことでしょう。

命ある者にとって長寿は悲願です。古来、日本人は長寿の動物として鶴と亀、長寿の植物として松をめでたいものと珍重してきました。『古今和歌集』（延喜五年〈九〇五〉成立か）には、長寿の象徴とされる松を詠んだ詠み人知らず（作者不明）の和歌が、複数収められています。『古今和歌集』の詠み人知らず歌の大半は、編者たちが生まれるはるか以前の、九世紀前半頃から伝わる古歌で、民謡のように長い時間歌われ続け、世代を越えて伝承されてきた歌でした。

そのなかに「我見ても 久しくなりぬ 住の江の 岸の姫松 幾世経《へ》ぬらむ」という歌があります。この歌は「こんなに年老いるまで見続けてきた私からしても、さらに長く生き続けている住の江の岸に生える松は、いったいどれくらいの時間を生きてきたことか」の意味です。「姫松」の「姫」は、美称の接頭語と呼ばれる言葉で、松を詩的に美しく表現した語です。この歌は、年老いて周囲の知人が次々とこの世を去り、自分より年長の者が、ほとんどいなくなってしまった嘆きを主題としています。人間として、いつ果てるともしれない無常の命を抱えながら生きる自らの存在と、一見して平然と長寿を保っているかのように見受けられる松とが、対照され、切ない感慨が込められているのです。それは次の和歌からも明瞭に読み取れます。

次に紹介する和歌は、『古今和歌集』の詠み人知らず歌「住吉の 岸の姫松 人ならば 幾世か経しと 問はましものを」です。この歌は「住吉の岸に生えている松がもし人であって、言葉を理解できるのなら、いったいどれくらいの長い寿命を保ってきたのかと尋ねてみたいものであるのに」の意味となります。「まし」は古典文法で「反実仮想」の助動詞と名付けられる語で、現実には不可能なことや、現実にはあり得ない状況の中で、あえてそれが可能であれば、もしあり得たとしたらと仮定してみる表現です。長寿は人の夢であるはずなのに、実際には周りの親しい人を失い続ける悲しみと戦わなければならないという面もあるのです。そんな時に心を慰めてくれるのは、自分が生まれる前から現在まで生き続けている松の存在かもしれません。せめて、あの松と語り合うことができるのなら、きっとお互いの孤独を慰め合うこともできるのにと思わず考えてしまうのです。あの松はいったいどれくらい長い間、孤独と戦い続けていることやら。それに比べたら人間である自分の孤独なんて、たいしたものではない、とは思いながらも、それでもやはり自分は、心という厄介なものを抱える人間なのです。それゆえに、どうしても孤独を禁じ得ません。そんな時、自分の孤独を理解してくれるのは、やはり松以外には存在しないのです。

・おしてるや　難波《なにわ》の御津《みつ》に　焼く塩の　辛《から》くも我は　老いにけるかな
（『古今和歌集』雑上・八九四・詠み人知らず）
・白雪の　八重《やえ》降りしける　かへる山　かへるがへるも　老いにけるかな
（『古今和歌集』雑上・九〇二・在原棟梁《ありわらのむねやな》）
・月も月　立つ月毎《ごと》に　若きかな　つくづく老いをする　我が身何なるらむ
（『梁塵秘抄《りょうじんひしょう》』巻二・二句神歌・四四九）

老いの自覚を歌う古典の詩歌は、数多くあります。前項に引き続き『古今和歌集』から紹介してみましょう。

「おしてるや　難波《なにわ》の御津《みつ》に　焼く塩の　辛《から》くも我は　老いにけるかな」という詠み人知らず歌は、「難波津で焼く塩が辛《から》いように、辛《つら》いことに私はこんなにも老いてしまったことだなあ」の意味となります。「おしてるや」は「難波」を引き出す枕詞《まくらことば》です。「御津」は難波の港が朝廷御用達の港であったことから、敬意をこめて「津」の頭に「御」を付けた言葉です。また、第三句目までは、序詞《じょことば》と呼ばれる表現技法です。老いの辛《つら》さを言う下句の「辛《から》し」を導き出すために、同音の日本語である塩辛《から》い意味の「辛《から》し」を、「おしてるや　難波《なにわ》の御津《みつ》に　焼く塩の」という長い説明付きで置いています。日本語の「つらい」と「からい」は同じ「辛」という漢字を当てるように、古くから隣接する意味を持っていました。この歌からもわかるように、古くから老いは辛いものとされてきたのです。老いて嬉しいなどという歌は、まったく見当たらないのです。人生経験が豊かになり、知恵もつく老年を、素晴らしいものと捉えてもよいはずですが、残念ながらそれはないのです。あるいは皆さんは、当たり前のことと思われるでしょうか。

ただし、本書でも後の章で紹介しますが、井原西鶴『世間胸算用《せけんむねさんよう》』（元禄五年〈一六九二〉刊）巻一―三「伊勢海老は春の椛《もみじ》」に、「とかく老いたる人の指図を漏るることなかれ。何ほど利発才覚にしても、若き人には三五《さんご》の十八、ばらりと違ふこと数々なり」という一節があります。「とにもかくにも、老人の指図には背いてはいけない。どんなに利発で才覚があったとしても、若者の胸算用は三五の十八といった具合で、間違えることがしばしばある」という意味です。賢い若者が掛け算九九を「三五の十八」と誤るというのは大げさな表現ですが、これは目算が外れることを意味する一種のことわざでした。一方、長年の間、頭を使いこなしてきた老人は

「三五、十五」をけっして誤ることはないと言うのです。ことほど左様に、老人の経験や知恵は侮り難いはずだということです。これは若者に比べて、豊かな経験を持っている老いた商人を褒める内容ですが、このように老人の徳を評価する例は少数みられます。それでも、やはり老いを辛いものと考えるのは、生老病死の考え方がもとになっています。実際に年を取れば体が重くなり、次第に自由も利かなくなり、病気がちになっていきます。そしてその先にあるのは、死に他なりません。言うまでもなく、昔の人々にとっても、老いは辛いものであったのです。

『古今和歌集』には「白雪の　八重《やえ》降りしける　かへる山　かへるがへるも　老いにけるかな」という歌が収録されています。この歌は「白雪が幾重にも降り敷いたかえる山のように、私も繰り返し繰り返し年月を重ねて、すっかり年老いてしまったことよ」の意味となります。寛《かん》平御時后宮歌合《ぴょうのおおんときさいのみやうたあわせ》（寛平元年〈八八九〉～五年〈八九三〉成立）に出詠した在原棟梁《ありわらのむねやな》の歌です。この歌も、上句の「白雪の　八重降りしける　かへる山」までが、下句の冒頭「かへるがへる」を導く序詞となっています。「かへる山」は越前国（現在の福井県）にあった歌枕で、「帰る」という言葉を掛詞として使うことが定番化していました。ここでも老いてしまった切なさを、感慨深くしみじみと歌う内容となっています。棟梁は、かの有名な業平の子息なのですが、父の業平も老いを嘆く歌を残しており、本書でも後で取り上げます。

この項の最後に、『梁塵秘抄』（嘉応元年〈一一六九〉成立か）から「月も月　立つ月毎《ごと》に　若きかな　つくづく老いをする　我が身何なるらむ」を取り上げます。『梁塵秘抄』は平安時代の後期から末期にかけて流行した歌謡を集成した書物で、時の帝王後白河院が自ら編集したことで知られています。この歌は「月も時間が経って新しい月となれば再び若返るものであるが、この私ときたら若返ることもなくすっかり年を取ってしまったものだなあ」の意味です。これは『古今和歌集』から約三〇〇年も後の、平安時代後期の流行歌謡ですが、掲出した『古今和歌集』の二首と、ほぼ同じ感慨を歌っています。ここに挙げた三首は老いを自覚した際の感慨を、直接的に歌った歌なのです。

・老いらくの　来《こ》むと知りせば　門《かど》さして　なしと答へて　逢はざらましを
（『古今和歌集』雑上・八九五・詠み人知らず）
・桜花　散り交《か》ひ曇れ　老いらくの　来《こ》むといふなる　道紛《みちまが》ふがに
（『古今和歌集』賀・三四九・在原業平）
・とりとむる　ものにしあらねば　年月《としつき》を　あはれあな憂《う》と　過ぐしつるかな
（『古今和歌集』雑上・八九七・詠み人知らず）

誰にも一様に訪れる老いではありますが、それは古来疎まれるもの以外の何ものでもありませんでした。何とかして老いが来るのを避けたい、しかしそれは避けがたいというジレンマは、コミカルな面白い歌も生み出しました。『古今和歌集』の詠み人知らず歌から紹介してみましょう。

「老いらくの　来《こ》むと知りせば　門《かど》さして　なしと答へて　逢はざらましを」という歌があります。この歌は「老いが来るということをかねてからわかっていたなら、家の門を閉ざして留守だと答えて逢わなかったのに」という意味の歌です。老いを擬人化して歌っています。その老いが自分の家を訪ねて来た。訪ねて来たのが老いであると初めから知っていたなら、けっして家に入れずに追い返し、自分が老いてしまうなどということなどなかったはずなのにというのです。つまり、既に老いてしまったという現実の自分に対する自覚が、この歌の背景にはあります。そして、我が身が老いたことを、老いが訪ねて来るという奇抜な表現で嘆いているのです。

次に、同じ『古今和歌集』から在原業平の「桜花 散り交《か》ひ曇れ 老いらくの 来《こ》むといふなる 道紛《みちまが》ふがに」という歌をみてみましょう。この歌は「桜花よ、散り乱れて辺り一帯を曇らせておくれ。老いがやって来るという道が見紛うほどに」という意味です。前掲の「老いらくの……」の歌と同様に、老いを擬人化し、道を通ってやって来るものと表現しています。この歌は貞観一七年（八七五）に四十歳を迎えた藤原基経《もとつね》のお祝いに際して業平が詠んだ歌でした。祝賀の歌は、祝われる対象の人の長寿を願うことが一般的です。しかし、この歌では桜に向かって散り乱れるほどまでに花を散らすように呼びかけ、それによって老いが道を通ってやって来るのを阻止しようとしています。

ここで再び、『古今和歌集』の詠み人知らず歌から一首を取り上げます。それは「とりとむ

る　ものにしあらねば　年月《としつき》を　あはれあな憂《う》と　過ぐしつるかな」という歌です。「歳月の流れというものは引き留めることができないので、ああ辛いと思って過ごして来たことであるよ」の意味です。時間は引き留めることができない。命あるものの宿命として本人の意志や希望とかかわりなく、人は否応なく年を取って死んで行く。このことは、古来多くの先人たちが繰り返し述べて来たことです。

ここに紹介した三首の『古今和歌集』所収歌は、老いに抵抗することが叶わない人間の切ない感慨が込められていると言えます。

余談とはなりますが、三首中二首に見える「老いらく」という言葉について、少しだけ解説しておきます。「老いらく」は「老齢」「老年」の意味で、現在も「老いらくの恋」などとしてよく耳にする言葉です。その「老いらく」は、「老いる」の古語「老ゆ」のク語法によってできた名詞「老ゆらく」から転じた言葉です。ク語法とは奈良時代に用例が多い語法で、動詞などの活用語の連体形に「アク」という音を加えて名詞化するものです。「老いらく」の他、「恐らく」「思わく」「言わ（曰）く」などの語がありました。これらは歴史と伝統を感じさせる日本語の語彙と言えるでしょう。後代まで末永く伝えていきたい言葉です。

・逆さまに行かぬ年月よ。老いはえ逃れぬわざなり。

（『源氏物語』若菜下）

・逆さまに　年も行かなむ　とりもあへず　過ぐる齢《よわい》や　ともにかへると

（『古今和歌集』雑上・八九六・詠み人知らず）

『源氏物語』は言わずと知れた日本古典文学を代表する作品で、紫式部の作による作り物語です。寛弘五年（一〇〇八）頃には、ほぼ完成していたと言われています。その『源氏物語』の巻のひとつ若菜下巻は、主人公の光源氏が四十一歳を迎えた三月から、四十七歳の一二月までの話が語られています。若菜上巻で四十歳になった光源氏は、二十六歳も年齢の下の女三宮《おんなさんのみや》を正妻に迎えました。老境に差しかかった光源氏は、新妻を娶《めと》ることで、その後新たな苦悩を抱えることになるのです。それは女三宮と衛門督《えもんのかみ》柏木との密通でした。柏木は光源氏より十六歳も年少の男盛りの貴公子でした。そんな柏木に向けて、光源氏が発した皮肉な言葉の一節が「逆さまに行かぬ年月よ。老いはえ逃れぬわざなり」でした。つまり、「年月の流れというものは逆さまには進んでくれないものよ。老いというものは誰しも逃れることのできないものだ」という意味になります。光源氏はこの前にも「私は寄る年波に勝つことができず、酔い泣きというものは止められないようだ。衛門督はこれを目ざとく見て笑っておられるが、何とも恥ずかしいことよ。しかし、それも今だけのことだ」という痛烈な言葉を柏木に投げつけています。つまり「逆さまに行かぬ年月よ。老いはえ逃れぬわざなり」とは、今は若さを謳歌して、いい気になっている柏木も、いずれは自分と同じように老いていくのだという文脈での皮肉なのです。周囲からは何ら欠点のない理想的な人物とみられていた光源氏でしたが、その人が相手を攻撃するためにこのような言葉を放ったのでした。まさに光源氏が人間としての弱さを見せた瞬間でした。この痛烈な言葉は、柏木にとって致命的な打撃となりました。この後、柏木は病となり、遂には他界することになります。しかし皮肉にも、この時既に女三宮のお腹には柏木の子が宿っていたのです。その子は薫《かおる》と名付けられ、光源氏の子として育てられ、成長していくことになります。薫の存在は、自らが義母藤壺との間に、世間に公表できない子どもを儲けた光源氏にとっては、因果応報を痛感させられるものでした。いずれにしても「逆さまに行かぬ年月よ。老いはえ逃れぬわざなり」という言葉は、光源氏が一人の弱い人間として放った言葉で、しかもその内容も老いという宿命から逃れることのできない人間存在を浮き彫りにしたものです。『源氏物語』を通じても、物語の主題にかかわるきわめて重要な科白《せりふ》と言えます。

『古今和歌集』の詠み人知らず歌「逆さまに 年も行かなむ とりもあへず 過ぐる齢《よわい》や ともにかへると」は、「年月が逆さまに流れていってほしい。つかまえて留めておくこともできずに過ぎ去ってしまった年齢が年月とともに帰ってくるので」という意味です。実は『源氏物語』の「逆さまに行かぬ年月よ。老いはえ逃れぬわざなり」という言葉は、この『古今和歌集』の古歌を踏まえたと考えられるのです。流れ行く年月が元に戻らないのは当然のことなのですが、誰でも過去を振り返って、あの輝いていた時の自分にもう一度戻りたいと願ってしまうことがあるでしょう。特に老年を迎えた後では、戻りたい過去の時点が多くの数にのぼっているのではないでしょうか。どの時点の自分も、今の自分より若かった。この歌はそんな思いを歌っているのです。思えば我々は今現在のこの一瞬こそが、自分のこれまで過ごしてきた人生の時間のなかで、もっとも老いた瞬間と言えます。しかしまた、未来という時間からみればもっとも若い瞬間でもあります。我々は時間を過去に戻すことはできず、そんな思いを巡らせている間にも、時間は容赦なく経過し、今の自分は先ほどの自分と比べて、また少しだけ老いた自分となっているのです。老いて認知症となり直近の記憶を失った人が、はるか過去の青春時代の記憶を鮮明に覚えているという事例があることをよく耳にします。それは若かった頃の脳の働きが、活発であったことによるものなのでしょうか。それとも、脳の中に輝いていた頃の自分の記憶を優先的に留めておく機能があるからなのでしょうか。これは科学では解明しきれない人間の持つ神秘と捉えておきたいと思います。

源氏香の図　若菜下（四代目歌川豊国画）

・うち忘れ　はかなくてのみ　過ぐしきぬ　あはれと思へ　身に積もる年
（源　実朝《みなもとのさねとも》『金槐和歌集《きんかいわかしゅう》』冬・老人憐歳暮《ろうじんせいぼをあわれむ》）
・老が身の　あはれを誰に　語らまし　杖《つえ》を忘れて　帰る夕暮　（良寛）
・年ほどもの憂きことはなし。（『曾我物語《そがものがたり》』巻六）

源実朝（建久三年〈一一九二〉～建保七年〈一二一九〉）は源頼朝の四男で、鎌倉幕府の三代将軍を務めた武士でした。若くして甥に暗殺されたことで知られていますが、実朝は和歌に深い造詣がありました。実朝の和歌を集成した『金槐和歌集』（建暦三年〈一二一三〉末頃成立）は、六六三首（定家所伝本による。なお、貞享本《じょうきょうぼん》と呼ばれる別の本には七一九首所収）の和歌を収録していますが、同書の中には武士らしい清新な秀歌が多くみられます。

ここに掲出した実朝の和歌「うち忘れ　はかなくてのみ　過ぐしきぬ　あはれと思へ　身に積もる年」は、「老人憐歳暮《ろうじんせいぼをあわれむ》」という歌題に基づいて創作された和歌です。あらかじめ題が与えられて、それをもとに詠まれた和歌を題詠歌と言います。この歌は題詠歌ですから、自らの老いの実感を歌ったものではありません。しかし、数え年二十八歳という若さで亡くなった実朝も、和歌という虚構世界のなかでは、老いた自らを想定し、老いを嘆く歌を詠んでいたのです。この歌の意味は「うっかり忘れたまま、今年もただむなしく過ごしてきてしまったことよ。憐れと思ってくれよ、我が身に積もった年よ」の意味です。

　忘れていたあることを突然に思い出し、その事実に愕然とするという経験は誰しも持ったことがあるでしょう。『新古今和歌集』（元久二年〈一二〇五〉成立）に収められた式子内親王《しょくしないしんのう》（久安五年〈一一四九〉～建仁元年〈一二〇一〉）の恋歌に、「忘れては　うち嘆かるる　夕《ゆう》べかな　我のみ知りて　過ぐる月日を（ふと忘れてしまっては思わず嘆いてしまう夕方であることよ。この恋の思いは私だけが知っていて、あの人には知られないまま長い年月が空しく過ぎて来てしまったことを）」（恋・一〇三五）があります。この歌では忍ぶ恋、つまり片思いの恋が主題とされています。和歌の主人公はもちろん式子内親王その人ではありません。あくまでも創作です。しかし、生涯独身を通した式子内親王の経歴を知れば、どうしても内親王本人の感慨を詠んだ歌と思えてしまうのです。それはともかく、この歌では片思いの恋であることを忘れ、恋人たちが逢瀬の機会を持つ夕方になると、何故にあの人は私のところを訪ねて来てくれないのかと恨み、嘆いてしまうと歌っています。しかし、気が付けばそれもそのはず、この恋は私だけが一方的に秘めてきた片恋だったのだというのです。

翻《ひるがえ》って実朝の歌です。忘れていて、ふと思い出したとするのは空しく過ごしてきてしまった過去の時間であり、その累積《るいせき》としての年齢です。そうなのです。年齢とは時間の累積に他なりません。すなわち、老いるということは長い時間を蓄積してきたということに他ならないのです。そう考えれば、老いがけっしてマイナスなことばかりでないことは自明です。とかく老いは、ネガティブに捉えられがちです。それもそのはず、人が長く生きていれば、身体の自由が利かなくなったり、病に侵されたり、親しい人との死別を余儀なくされたりします。言うまでもなく老いは辛いものです。しかし、老いは長く生きることが許された人間が得られる貴重な時間でもあります。本書では老いの愉《たの》しみやプラス面についての金言も、多く取り上げていきたいと思います。

江戸時代後期を生きた大愚良寛《たいぐりょうかん》（宝暦八年〈一七五八〉～天保二年〈一八三一〉）は、今日まで多くの逸話が伝えられる曹洞宗《そうとうしゅう》の禅僧です。老いて後、故郷の越後国に暮らし、数多くの和歌や漢詩を残しました。そんな良寛の和歌に「老が身の あはれを誰に 語らまし 杖《つえ》を忘れて帰る夕暮」という一首があります。「老いの身の切なさを、誰かに語って聞かせたいものよ。杖を忘れて帰るこの夕暮れのわが身の悲しさを」という意味です。近隣の子どもたちと、手毬遊びに興じたと伝えられる良寛に、老いの悲哀を歌うこのような歌があるのは注目すべきことです。しかし、この歌は老いたわが身を戯画化しており、そこには余裕のある視線が感じられます。後の項で取り上げますが、悲惨さばかりが強調される小野小町の老いと比較すると、思わず微笑してしまうような温かみが感じられるように思います。

鎌倉時代以降、江戸時代に至るまで日本人の間で絶大な人気を誇った兄弟に、曾我祐成《そがのすけなり》と曾我時致《ときむね》がいました。二人は曾我兄弟と呼ばれますが、建久四年（一一九三）に源頼朝が行った富士の巻狩りの際に、父親の仇《かたき》である工藤祐経《くどうすけつね》を討ちました。その経緯を記した軍記物語が『曾我物語』（鎌倉時代末期頃成立）です。この物語は兄弟を主人公とした芝居に仕立てられ、曾我物と呼ばれました。そして、毎年正月に上演される演目として多くの人に迎えられたのです。『曾我物語』巻六「弁才天御事《べんざいてんのおんこと》」には、和田義盛《わだよしもり》の「年ほどもの憂きことはなし。義盛が齢《よはひ》、二十だにも若くは、御前には背《そむ》かれじ。たとひ一旦嫌はるるとも、斯様《かよう》の思ひ差《ざ》し、よそへは渡さじ」という発言が収められています。これは曾我兄弟のうち、兄十郎祐成の思い人であった大磯の遊女虎御前《とらごぜん》が、和田義盛の宴席で「思い差し」を強要される場面に出てくる言葉です。「思い差し」とは思い人に盃を差すことで、虎は権力者の義盛に盃を差すか、恋人の祐成に差すかの選択を強要されたのでした。虎はその場の状況を考えると戸惑いを抑えられませんでしたが、それでも自らの思い人である祐成の方に盃を差しました。その後の義盛の科白(せりふ)が、掲出した「年ほどもの憂きことはなし」なのです。自分がもう二十歳若かったら虎の盃を受けることができたのにという負け惜しみから出た言葉です。権力者である義盛をもってしても、男性の魅力という点で、若い祐成の魅力には勝てないということが語られているのです。かつて男子は、老いとともに権力や地位を得ることができましたが、男性的な魅力という意味では、青年には遠く及ばなかったのです。現代では、老いてなお魅力のある男性も数多くいます。老いて権力や地位という虎の威を借りる男は、虎の威ならぬ虎御前に袖にされるということなのでしょう。

・花の色は　移りにけりな　徒《いたずら》に　我が身世に経《ふ》る　詠《なが》めせし間《ま》に

（『古今和歌集』春下・一一三・小野小町）

・面影の　変はらで年の　積もれかし　たとひ命に　限りありとも　（小野小町伝承歌）

・世の中の定めしは定めなく、定めなき事の定めありと、むばたまの夢に伝はりたることとわり、明け暮れ思ひ捨つる言の葉、誰かは老いの坂を越えざらん。のがれ《（ママ）》べき道もなし。

（『小町草紙』）

・離鴻之音喚胡地而愁切（離鴻《りこう》の音《こえ》は胡地《こち》に喚《さえず》りて愁《うれ》い切《せつ》なり）　朝居孤館而落涙（朝《あした》には孤館《こかん》に居《い》て涙を落とし）　暮坐孤庇而断腸（暮《くれ》には孤庇《こひ》にいて腸《はらわた》を断つ）

（『玉造《たまつくり》小町《こまち》子《し》壮衰書《そうすいしょ》』）

日本人が老いの過酷さや悲惨さを一身に背負わせた人物に、小野小町がいました。老いの過酷さや悲惨さは、絶頂を誇っていた若い時との落差から生じるものです。小野小町はその実像は不詳でありながら、後代には絶世の美女として喧伝《けんでん》されました。おそらく、紀貫之が書いた

『古今和歌集』仮名序や、小町自身の詠歌とされる「花の色は 移りにけりな 徒《いたずら》に 我が身世に経《ふ》る ながめせし間《ま》に」(『古今和歌集』春下・一一三)などから想起された虚像でしょう。貫之の仮名序は、小町について次のように記します。

小野小町はいにしへの衣通姫《そとおりひめ》の流《りゅう》なり。あはれなるやうにて強からず。いはばよき女《おうな》のなやめる所あるに似たり。強からぬは女《おうな》の歌なればなるべし。

(小野小町は古代の衣通姫の系統の歌人である。その歌は情趣がある姿だが、強くはない。たとえて言えば、美しい女性が病に悩んでいる姿に似ている。強くないのは女性の歌だからであろう)

衣通姫《そとおりひめ》とは、記紀の中で絶世の美女と伝えられる女性で、その美しさが衣を通して光り輝いたとされています。そのため、衣通姫と呼ばれたのです。しかし、この女性も伝説的な人物で、『古事記』(和銅五年〈七一二〉成立)では允恭《いんぎょう》天皇の娘、『日本書紀』(養老四年〈七二〇〉成立)では允恭天皇の后という異なる伝承がなされています。いずれにしても、允恭天皇時代の美女として後代に伝えられた女性です。仮名序の貫之の記述は、小町の歌風が衣通姫と重ね合わされており、そこから小町も衣通姫同様の美人だったと連想されるようになったと考えられます。

ところで、『百人一首』にも収録された小野小町の著名な和歌に前掲の「花の色は 移りにけりな 徒《いたずら》に 我が身世に経《ふ》る 詠《なが》めせし間《ま》に」があります。「桜の花の色は空しく衰えて色あせてしまった。春の長雨が降っている間に。同じように私の容姿も、恋や世間のことに思い悩んでいるうちにすっかり衰えてしまったことよ」という意味です。貫之の仮名序を読み、この小町の和歌を鑑賞した人は皆、小町の美貌を確信したのです。

そんな小町像は、中世に至って落魄《らくはく》した老残《ろうざん》のイメージが付加されるようになります。おそらく中世になってから小町詠として仮託《かたく》された伝承歌に、「面影の 変はらで年の 積もれかしたとひ命に 限りありとも」があります。「我が年齢よ、この美しい容姿を醜く変えることなく積もっておくれ。たとえ命には限りがあったとしても」という意味です。この歌は小町が美貌であることを前提にしたときに、説得力を持って解釈できる歌で、後代の人の小町のイメージがどのようなものであったのかを端的に物語ってくれるものです。

一方、寛文年間から享保年間（一六六一〜一七三六）にかけて、大坂心斎橋の渋川清右衛門《しぶかわせいえもん》によって挿絵入りで出版された渋川版『御伽草子』には、室町時代以来の物語二三編が選ばれています。その一編として収録された作品に『小町草紙』があります。『小町草紙』には、「世の中の定めしは定めなく、定めなき事の定めありと、むばたまの夢に伝はりたることわり、明け暮れ思ひ捨つる言の葉、誰かは老いの坂を越えざらん。のがれ《（ママ）》べき道もなし」という一節があります。この世の中には決まりきったことなど何ひとつなく、すべてが不定《ふじょう》で、誰ひとりとして老いを迎えない者はおらず、老いからは逃れる方法などないのだというのです。

また、平安時代後期に成立した漢詩文作品『玉造《たまつくり》小《こ》町《まち》子《し》壮衰書《そうすいしょ》』には、老残の身となってたった一人で取り残された小町の心境が切々と綴られています。「離鴻之音喚胡地而愁切《りこうのこえはこちにさえずりてうれいせつなり》　朝居孤館而落涙《あしたにはこかんにいてなみだをおとし》　暮坐孤庇而断腸《くれにはこひにいてはらわたをたつ》」がそれです。「仲間と離れ離れになって、たった一羽で飛びゆく鴻《おおとり》が、自分の故郷から隔たった未開の地で鳴く声は、悲しみに満ちている。朝には一軒の宿で独り涙を流し、夕暮れには一棟の粗末な建物の中で、悲しみに打ちひしがれる」の意味です。小町の老いの孤独が、対句表現の中に切々と綴られています。実に小町は美人の代表として、老いの悲惨さを一身に背負わされた存在だったのです。

・花は散りても　またもや咲くが　老いに萎《しお》るる　身ぞ辛《つら》き
（『ぬれぼとけ』中）
・花は散りても　またも咲く　人は若きに　返らずや
（隆達節《りゅうたつぶし》・三四九・小歌）
・花は散りても　またも咲く　君と我とは　一年《ひととせ》よ
（隆達節・三四八・小歌）
・散りゆく花は　根に帰る　再び花が　咲くぢゃない
（『山家鳥虫歌《さんかちょうちゅうか》』薩摩・三八四）

青春時代はしばしば花に譬えられます。人生においてもっとも華やかな、まさに花盛りの時期だからです。「枯れ木に花が咲く」という諺は青春を過ぎた人に、思いもかけず偶然に訪れる花盛りの時間を言います。

日本の詩歌の中には、人生の花盛りを歌った歌が多くみられます。江戸時代初期、遊里を中心に流行した歌謡を収録した『ぬれぼとけ』（寛文一一年〈一六七一〉刊）には、「花は散りてもまたもや咲くが　老いに萎《しお》るる　身ぞ辛《つら》き」という歌が収められています。『ぬれぼとけ』は平《ひら》金《きん》という人物の編になる色道書です。この名前は当時人気のあった古浄瑠璃の登場人物坂田金平をもじったものでしょう。同書の中巻には、当代を代表する三六人の吉原太夫《たゆう》の肖像画と、各一首の歌謡が画讃形式で書き入れられています。取り上げられた太夫には、有名な吉野、高尾なども含まれています。三六人の肖像に各一首の流行歌謡が添えられているので、合計三六首の歌謡が掲載されていることになります。三六首のうち前半の一八首が片撥《かたばち》という当時の流行歌謡で、後半の一八首が弄斎節《ろうさいぶし》という流行歌謡です。

冒頭に掲げた「花は散りても またもや咲くが 老いに萎《しお》るる 身ぞ辛《つら》き」の歌は、二一番目に掲載された丹州という源氏名を持つ太夫の肖像の画讃として書き入れられた歌謡で、弄斎節に属します。弄斎節は近世初期の三味線伴奏による歌謡で、隆達節に続く時代に流行時期を迎えました。歌詞を現代語で訳せば、「花は散っても同じ季節が巡って来れば再び咲くものであるが、人が老いれば再び元に戻ることなく、萎《しお》れて行く一方である。そんな身の何とも辛いことよ」となります。三味線伴奏に適《かな》った近世小唄調と呼ばれる七（三・四）／七（四・三）／七（三・四）／五の音数律が心地よいリズムを形作っています。

隆達節は、安土桃山時代から江戸時代初期にかけて堺の高三隆達《たかさぶりゅうたつ》が節付けして歌い出し、戦国時代の一世を風靡した流行歌謡です。当時は小歌節と呼ばれる節付けの歌謡が大流行していました。これを室町小歌と総称します。『閑吟集《かんぎんしゅう》』が初期の代表的な集成ですが、他に『宗安小歌集《そうあんこうたしゅう》』があり、さらに隆達節が続きました。隆達節は同じ小歌節でも、節付けに隆達独自の工夫が凝らされたようで、それが隆達節のなかの「小歌」であると考えられています。隆達節のなかには「草歌《そうが》」と呼ばれた歌群も存在しますが、それらの歌詞は『閑吟集』以来の古い歌詞と重なるものが多く、おそらく曲節も古い小歌節が用いられたのではないかと推測しています。そんな隆達節の歌詞には多くの金言が含まれていますが、ここでは「花は散りても　またも咲く　人は若きに　返らずや」「花は散りても　またも咲く　君と我とは　一年よ」の二首を紹介しておきます。

ところで、中国唐代の劉廷芝《りゅうていし》の有名な詩に「代悲白頭翁《はくとうのおきなにかわりてかなしむ》」があります。そのなかには、「年々歳々花相似《ねんねんせいせいはなあいに》たり　歳々年々《せいせいねんねん》人同じからず」というよく知られた一節があります（181頁参照）。「毎年毎年花は同じように咲くが、花を鑑賞する側の人間は、毎年毎年同じではない」という意味で、悠久の自然の営みと比べ、人の命は遥かに短く、無常であることを主題としています。隆達節の「花は散りても　またも咲く　人は若きに　返らずや」は、まさにそれと同じ主題の歌なのです。また、「花は散りても　またも咲く　君と我とは　一年《ひととせ》よ」は、その主題を恋歌に応用したものです。命と同様に、人間の営みである恋愛も無常なのです。隆達節には、この二首のように前半の歌詞は同一で、後半が異なる歌が何組かあります。おそらく、どちらかが元歌で、もう一方が替え歌によって成立したものでしょう。前掲の『ぬれぼとけ』所収の弄斎節の一首も、前時代の一大流行歌謡であった隆達節の歌詞の前半を借りて、後半を替え歌にしたものと考えられます。これは隆達節で完結する室町小歌が、大流行歌であったために、続く江戸時代の歌謡の歌詞に多大な影響を与え、長い期間その束縛を逃れられなかったことによります。その際、伴奏楽器は隆達節までの一節切《ひとよぎり》（短い尺八）ではなく、三味線《しゃみせん》を用いました。それに呼応する形で、節付けも軽快になり、歌詞も近世小唄調にリメイクされたのです。

江戸時代中期の歌謡集『山家鳥虫歌』（明和八年〈一七七一〉序）には、薩摩国風《さつまのくにぶり》の歌として「散りゆく花は　根に帰る　再び花が　咲くぢゃない」という一首が収録されています。『山家鳥虫歌』は、諸国民謡を集成した歌謡集でしたが、収録された歌謡は、流行歌謡としての性格が顕著です。むしろ地方土着の民謡は少なく、収録歌謡の多くが都を中心とした広い地域で流行した後、地方に流れ着いた歌謡と考えてよいと思われます。この歌は同書に薩摩国風として収められますが、もとは京都をはじめとして日本各地で流行した歌謡と考えられます。「散っていく桜花は根に帰っていくもので、同じ花が二度咲くわけではない。人の青春もこれと同じだ」の意味です。桜花は毎年同じように咲きます。まるで同じ花が今年も咲いたように見えますが、その実、昨年の花が再び咲いたのではありません。今年の花は去年とは別の花なのです。昨年の花は散って根に帰り、次の花を咲かせるための肥やしとなったのです。人生の花も一回限り。

二度とは咲かないのです。『ぬれぼとけ』や隆達節の歌とは、また別の穿《うが》った視点からの歌詞です。そういえば鴨《かものちょうめい》長明『方丈記《ほうじょうき》』の冒頭にも、「ゆく川の流れは絶えずして、もとの水にあらず」とあります。流れ行く川の水は、いつも同じように見えはしますが、実はいつも入れ替わっていて、同じ水ではないと言うのです。これもまた、無常の表現です。中世以降の日本人は、仏教思想の根幹をなす無常という理《ことわり》を様々に表現してきたのでした。

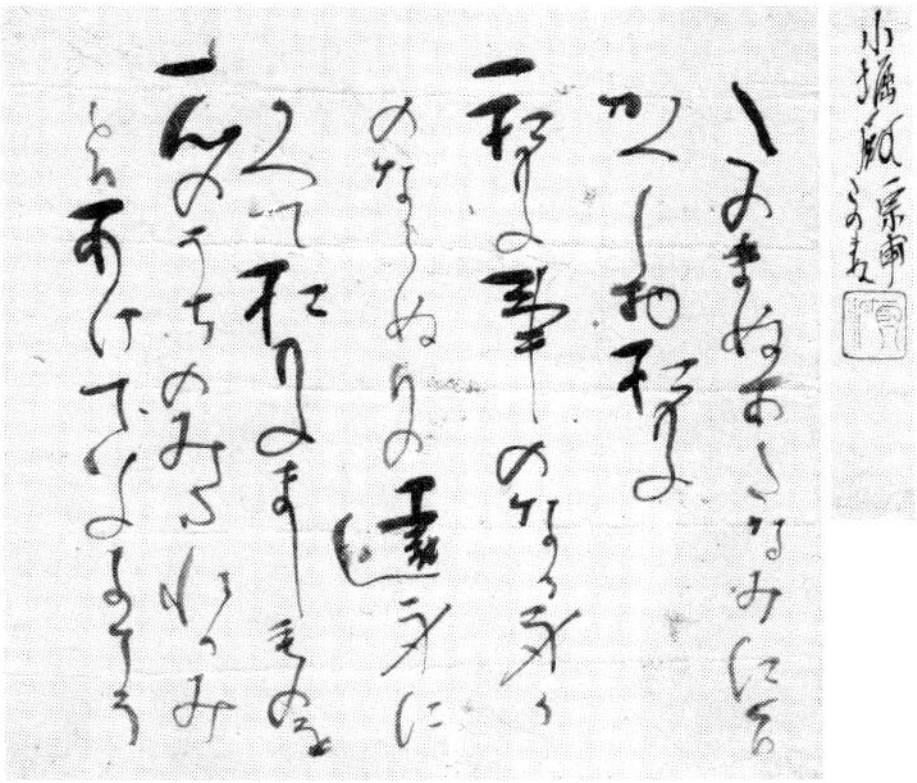

小堀遠州筆隆達節（著者架蔵）

老いの後悔・嘆き・孤独

・はからざるに病《やまい》を受けて、たちまちにこの世を去らんとする時にこそ、初めて過ぎぬる方の誤れることは知らるるなれ。
（『徒然草』第四九段）

俗名卜部《うらべ》兼好《かねよし》、法名兼好《けんこう》の記した随筆『徒然草』（元徳二年〈一三三〇〉～三年〈一三三一〉成立か）には、多くの金言・名言が散見します。ここで紹介するのは、その第四九段にみられる老いに関する示唆的な言葉です。第四九段は老いが迫ってきてから、あわてて仏道の修行をしようというのでは間に合わないことを述べています。そして、続けて「はからざるに病《やまい》を受けて、たちまちにこの世を去らんとする時にこそ、初めて過ぎぬる方の誤れることは知らるるなれ（予期せずに病気にかかり、今すぐにでもこの世を去ってしまうという時に、過去の自分の行いが誤っていたことが自ずとわかるものである）」と書いています。

人の命は無常であるということを常に意識して、仏道修行に励み、死に際しても、けっして後悔のないように心がけなければならないというのです。兼好はこの後、無常を念頭に置いて、修行を続けた二人の僧侶の話を具体的に紹介しています。一人の僧は、知人が訪ねて来ても、

「迫り来る死を前にして、火急の用事があり、もう残された時間がない」と言って、自分は念仏を唱え続け、遂に極楽往生を果たしたと言います。また、心戒《しんかい》という僧は、この世があまりにも儚《はかな》い仮の世であると悟って、座る時にも常に尻をつけずにうずくまっていたと言います。『徒然草』に収められた逸話は短いものが多いのですが、なかなかどうして読者を惹きつける魅力を具えています。この二人の僧の逸話も、極端な話だとは思いながらも、なぜか納得させられ、知らず知らずのうちに、兼好の主張する無常観に引き込まれてしまうのです。筆力のなせる業《わざ》でしょう。

・水沫《みなわ》なす　もろき命も　栲縄《たくなわ》の　千尋《ちひろ》にもがと　願ひ暮らしつ

（『万葉集』巻五・九〇二・山上憶良《やまのうえのおくら》）

・倭文手纏《しつたまき》　数にもあらぬ　身にはあれど　千年《ちとせ》にもがと　思ほゆるかも

（『万葉集』巻五・九〇三・山上憶良）

・士《おのこ》やも　空《むな》しかるべき　万代《よろずよ》に　語り継ぐべき　名は立てずして

（『万葉集』巻六・九七八・山上憶良）

山上憶良（斉明天皇六年〈六六〇〉頃～天平五年〈七三三〉頃）は奈良時代初期の官人で、『万葉集』（八世紀後半〈七五九年以降〉成立）を代表する歌人でもあります。「貧窮問答歌《びんぐうもんどうか》（一般には「ひんきゅうもんどうか」と読みならわされています）」や「子を思ふ歌」などの作品を残した社会派の歌人として広く知られています。その憶良に「水沫《みなわ》なす　もろき命も　栲縄《たくなわ》の　千尋《ちひろ》にもがと　願ひ暮らしつ」「倭文手纏《しつたまき》　数にもあらぬ　身にはあれど　千年《ちとせ》にもがと　思ほゆるかも」の二首があります。晩年を迎えていた憶良が、天平五年（七三三）六月三日に詠んだ歌で、一首目は「泡のようにもろくはかない命も、どうか千尋のように長くあってほしいと願いつつ暮らすばかりである」の意味です。二首目は「私は物の数にも入らない身ではあるが、千年も長生きしたいと思われてならないことだ」の意味です。

憶良の歌は抒情的で、心に思うこと、すなわち真情を素直に詠んだものが多くみられます。これら二首の歌も、自らの偽らざる願望を率直に歌に託したものと考えてよいでしょう。それでは何故に憶良が長寿を願ったかと考えると、また別の一首に行き当たります。それが「士《おのこ》やも　空《むな》しかるべき　万代《よろずよ》に　語り継ぐべき　名は立てずして」です。意味は「かりそめにも男子として生まれて、虚《むな》しいまま死んでしまってよいものであろうか。末代にまで語り継がれるべき名誉を得ることもなしに」となります。憶良が長寿を願ったのは、自らの人生に設けた到達目標を達成し、世間からもそれに見合う評価を得たかったからなのでしょう。すなわち、官人として、また歌人として、さらには家族を持つ一人の夫や父としての自分を、納得できるレベルにまで大成させ、後代に自分が生きた証《あかし》を残したかったのだろうと思います。それこそ憶良は我が命を賭して、自らを高めようとしたのです。その気概を見習いたいと思います。

・われらは何して老いぬらん　思へばいとこそあはれなれ　今は西方《さいほう》極楽の　弥《み》陀《だ》の誓《ちか》ひを念ずべし
（『梁塵秘抄《りょうじんひしょう》』巻二・法文歌・二三五）

・何をして身のいたづらに老いぬらむ　年《とし》の思はむこともやさしく
（『古今和歌集』誹諧歌《はいかいか》・一〇六三・詠み人知らず）

・後世《ごせ》を願《ねが》やれ　爺様《じさま》や婆様《ばさま》　年寄《としより》来いとの　鳥が鳴く
（『山家鳥虫歌』和泉・九二）

平安時代末期に起こった源氏と平氏の争乱は、歴史学の方面からは〝治承・寿永の乱〟と呼ばれています。それは治承四年（一一八〇）から元暦二年（一一八五）にかけての約六年間にも及ぶ大きな戦乱でした。その前夜から一大流行期を迎えていた歌謡に、今様《いまよう》（周辺歌謡も含めて「今様雑芸《ぞうげい》歌謡」と称されます）がありました。時の帝王後白河院は、台頭してきた武士勢力としたたかに渡り合いましたが、流行歌謡であった今様の無二の愛好家でもありました。『梁塵秘抄』は後白河院が自ら編集した全二〇巻の今様集成です。その内訳は歌詞集一〇巻と口伝集一〇巻でした。歌詞集には今様の歌詞を収録し、口伝集には音楽としての今様の曲節に関する口伝が書き留められ、末尾に院の今様体験談が回想録風に記されていました。今日そのほとんどが散逸し、歌謡集は巻一の一部と巻二のすべて、口伝集は巻一の一部と巻一〇のすべてが伝存しているに過ぎません。その全貌が明らかになれば、平安時代末期の歌謡史がさらに重層的に把握できることになりますが、今日ではそれが叶いません。そもそも日本の歌謡史には大きな二つの山があるのですが、その一つ目はこの平安時代末期の今様で、二つ目が室町時代から戦国時代にかけて流行した室町小歌です。ともに動乱期に流行した一大歌謡でした。わが国の歌謡史は戦乱の歴史と切っても切れない関係にあるようです。

　さて、『梁塵秘抄』には仏典の教理を和語を用いて易しく説いた法文歌《ほうもんのうた》と呼ばれる歌謡群が収録されています。そのなかに「われらは何して 老いぬらん 思へばいとこそ あはれなれ 今は西方《さいほう》極楽《ごくらく》の 弥陀《みだ》の誓《ちか》ひを 念ずべし」という歌があります。「私めはいったいこれまでどのようなことをしてここまで老いて来てしまったのだろうか。そのことを振り返って思い出してみると、とても悲しい気持ちになる。死が近づいた今となっては、西方極楽浄土にいらっしゃる阿弥陀如来の誓願だけをひたすら頼みにして、帰依するべきである」という意味です。

　この歌は当時においてはたいへん有名であったようです。それというのも、後白河院が口伝集の巻一〇の中で、「遊女《あそび》とねくろが戦《いくさ》に遭《あ》ひて、臨終のきざめに、今は西方極楽の、と歌ひて往生し（遊女のとねくろが戦乱に巻き込まれて、死を迎えるというまさにその時に「今は西方極楽の」と歌って極楽往生を遂げた）」と記すように、摂津国神崎《かんざき》の遊女とねくろの説話とともに伝承されていた法文歌でした。とねくろをめぐる説話は、『宝物集《ほうぶつしゅう》』巻七、『十訓抄《じっきんしょう》』巻一〇や、それを摂取した『拾遺古徳伝《しゅういことくでん》』巻七、『続教訓抄《ぞくきょうくんしょう》』巻一四などにも収録された当時よく知られた話でした。これらの説話集によれば、とねくろは男とともに九州で暮らすことになり、瀬戸内海を下向し九州に向かいます。しかし、途中で海賊の一団に遭遇し、命を奪われてしまうのです。死に直面した時にとねくろは、当時の流行歌謡であった今様法文歌の「われらは何して……」を歌いました。「われら」の「ら」は一人称に付ける謙譲の接尾語で、自らの側のものの名に添えて謙遜を表す「め」と同意になります。すなわち、「私のような者」「私め」という意味になるのです。とねくろは売色をして生きてきた罪深い我が身を省みて、「われら」と歌ったことになります。しかし、仏の視点から見れば、誰もが似たような罪深い人生を送っているのです。この歌を多くの人が声を合わせて斉唱する時には、複数の人を意味する「等《ら》」としても機能し、声を合わせる全員が罪深い「われら」となるのです。この話の中では、とねくろが自らを「われら」と歌いましたが、この話を聞く人たちは誰もが、とねくろの人生を我が身のこととして重ね合わせることになります。多くの人々の共感を得た今様の一首でした。

『古今和歌集』には、当時〝誹諧歌《はいかいか》〟と呼ばれていた滑稽な和歌が収録されています。その中の一首に、「何をして　身のいたづらに　老いぬらむ　年《とし》の思はむ　こともやさしく」がありますす。この歌の意味は「私はこれまでいったい何をして虚《むな》しくもこんなに老いてしまったのか。年がいったい私をどのように思って見ているのかと考えると恥ずかしいことよ」です。年齢を擬人化していることはすぐに気づきます。そして、自らに積み重ねられた年齢を自分から切り離して、客観的に歌っています。まさに滑稽を旨とする誹諧歌にふさわしい歌と言えるでしょう。この歌の上句は、前掲の『梁塵秘抄』とほぼ同じ内容の抒情です。長い時間を生きて、遂には老いてしまった現在の自分を顧みて、後悔の念を抱いているのです。

江戸時代の歌謡集『山家鳥虫歌』には、和泉国の民謡として「後世《ごせ》を願《ねが》やれ　爺様《じさま》や婆様《ばさま》　年《とし》寄《より》来いとの　鳥が鳴く」という歌謡が収録されています。この歌の意味は「後世を願いなさいよ、お爺さんやお婆さんよ。年寄よ来なさいと鳥が鳴くことよ」です。昔から鳴き声が「年寄来い」と聞きなされる鳥は山鳩と決まっていました。老いて死が近づいたお爺さんやお婆さんは、極楽往生を願うことを第一とすべきだというのです。『梁塵秘抄』の「われらは何して　老いぬらん」の後半「今は西方　極楽の　弥陀の誓ひを　念ずべし」とほぼ同意ですが、『梁塵秘抄』の方は仏教信仰に疎かった自らのこれまでの人生を反省して、自発的に極楽往生を願うのに対し、『山家鳥虫歌』の方は他者からの忠告の形を採っている点に大きな相違があります。いずれにせよ我が国においては、平安時代から江戸時代に至るまで、仏教信仰が人生の大きな柱とされてきたことがわかります。果たして現代を生きる我々日本人は、人生上の指針となるようなものを持っているでしょうか。改めて問い直してみたいような気がします。

・見るに心の　澄むものは　社《やしろ》こぼれて　禰宜《ねぎ》もなく　祝《ほうり》なき　野中の堂の　また破れたる　子生まぬ式部の　老いの果《は》て
（『梁塵秘抄』巻二・四句神歌《しくのかみうた》・三九七）

・心の澄むものは　秋は山田の　庵《いお》ごとに　鹿驚かすてふ　引板《ひた》の声　衣《ころも》しで打つ槌《つち》の音
（『梁塵秘抄』巻二・四句神歌・三三三）

・聞くに心の　澄むものは　荻《おぎ》の葉そよぐ　秋の暮　夜深き笛の音　箏《そう》の琴　荒れたる宿吹く　松風
（『吉野吉水院楽書《よしのよしみずいんがくしょ》』）

『梁塵秘抄』には味わい深い〝物尽くし〟の歌謡が何首か収録されています。〝物尽くし〟については、随筆作品『枕草子』のなかに、冒頭を「虫は」「川は」「すさまじきもの」「うつくしきもの」などとし、清少納言の美意識によって、それに該当するものが列挙されていく記述方法としてよく知られています。『枕草子』では、そういった性格を持つ章段を類聚《るいじゅ》章段という難しい言葉で呼んだりもしますが、その表現は随筆文学専用というわけではありませんでした。むしろ歌謡の歌詞によく用いられる表現として、古くから知られていたのです。

『梁塵秘抄』に収録された今様のうち、四句神歌《しくのかみうた》という歌謡名で残された歌に、「見るに心の 澄むものは 社《やしろ》こぼれて 禰宜《ねぎ》もなく 祝《ほうり》なき 野中の堂の また破れたる 子生まぬ式部の老いの果《は》て」という一首があります。この歌は〝物尽くし〟の代表歌です。四句とは今様形式(七・五/七・五/七・五/七・五)の歌のことを言い、神歌は仏典に直接かかわらない歌のことを指す名称です。掲出した歌は「見ると心が澄み渡って冷《ひ》え冷《び》えとしてくるものは、神社が壊れた状態のままで、そこに禰宜や祝もいないもの。野中のお堂がやはり壊れたままのもの。子どもがいない女房がたった一人で年とった姿」という意味です。世の中にあるものの中で、見ていて切なくなるものが列挙されています。「心の澄む」という状態は、本来、心を清澄な無の境地に置くことなのですが、この歌では対象を見ることによって、心が切ない感慨に満たされていく状態を歌っています。言うまでもなく、それは無常につながる感慨です。この世にあるものはすべて無常の風に吹かれ、何ひとつとしてその節理から逃れられるものはない。それが宿命なのです。その宿命を一身に背負ったように見えるものが、ここに列挙されていることになります。

『梁塵秘抄』には「心の澄むものは 秋は山田の 庵《いお》ごとに 鹿驚かすてふ 引板《ひた》の声 衣《ころも》しで打つ 槌《つち》の音」という歌も収録されています。「聴くと心が澄み渡ってくる音は、秋になって稲が稔った山の田の番小屋ごとに、鹿を近づけないように驚かすために設置した引板の音。衣を打つ砧《きぬた》の槌の音」という意味です。こちらは心が切なさで満たされる音を歌っています。これらの音は、晩秋の人間の営みから生じる音で、しみじみとした聴覚世界が描かれています。人間が生きていく上で、衣食住は欠かせません。しかし、そんな営みも所詮無常の世においては、かりそめの営みに過ぎず、瞬《またた》く間に人は老いてゆくのです。人間存在のはかなさや小ささを音によって表現した歌と言えるでしょう。なお、引板とは、今日で言う鳴子のことです。

鎌倉時代中期から南北朝時代にかけて成立したと考えられる音楽書に、『吉野吉水院楽書《よしのよしみずいんがくしょ》』があります。南朝に関係した吉野山の吉水院に残されたので、この名称で知られますが、同書には「聞くに心の　澄むものは　荻《おぎ》の葉そよぐ　秋の暮　夜深き笛の音　箏《そう》の琴　荒れたる宿吹く松風」という歌謡が残されています。聴くと心が澄み渡ってくる音は、秋の夕暮時に風に吹かれた荻の葉が揺れて擦れる音。夜更けに響く笛や箏の音。今は住む人もなく荒れ果ててしまった家に吹き渡る松風の音」の意味です。この歌も前の歌と同様に、心が澄み渡るような切ない聴覚世界を歌っています。最初に自然の景物としての荻の葉の擦れる音を挙げ、続いて夜更けという静寂の時間に、人が演奏する笛や箏の音を挙げ、最後に廃屋という人の営みの無常を象徴する空間と、松風という自然の営みの悠久とを取り合わせて対比する歌詞となっています。

荻の葉音はともかくとして、夜更けの笛・箏の音や廃屋を吹く松風の音は現代人にとっても、しみじみと寂しい感情を呼び起こすに違いありません。この歌は聴覚世界を歌いつつ、歌を聴く人の心の中に、揺れる荻の穂、夜更けに楽器を演奏する貴人の姿、荒れ果てた廃屋とその庭に生える松といった映像を浮かび上がらせる効果を持っています。その意味で、視覚世界ともつながる優れた歌と言えるでしょう。この歌も短い命を仮の宿りに生きる人間存在の切なさを歌っているのです。

老いは人間存在の切なさを、もっとも大きな実感をもって味わうことのできる時間です。そんな老いの時間を大切にし、人の命について思いを巡らせ、自らが生まれてきた使命について、深く考えてみることをお勧めしたいと思います。

・君恋ふる　涙は際《きわ》も　なきものを　今日をば何の　果《は》てといふらむ
（『源氏物語』幻《まぼろし》・中将の君）
・人恋《こ》ふる　我が身も末に　なりゆけど　残り多かる　涙なりけり
（『源氏物語』幻・光源氏）

『源氏物語』幻の巻は、『源氏物語』の第四〇帖に当たる巻で、光源氏五十二歳の正月から年末までを描いています。光源氏はこの年の末に出家をすることになります。そして、この次の第四一帖は、名称のみが伝えられて本文のない雲隠《くもがくれ》の巻で、光源氏の死を暗示しているとされています。なお、光源氏死後の物語が描かれている第四九帖の宿木《やどりぎ》の巻のなかに、出家した生前の光源氏は都郊外の嵯峨に隠棲し、二、三年して死去したことが記されています。したがって、幻の巻は五十四、五歳で亡くなった光源氏の晩年を描く巻であることがわかります。幻の巻で五十二歳の正月を迎えた光源氏は、前年の秋に亡くした最愛の妻紫の上を偲ぶ日々を送っていました。紫の上とゆかりの深かった女房たちも、折々光源氏を訪ねますが、話題は自ずと紫の上の思い出になってしまいます。秋になって、紫の上の一周忌の法要を営むこととなりました。その折、中将の君という人物が光源氏に宛てて和歌を贈ります。その和歌は「君恋ふる　涙は際《きわ》も　なきものを　今日をば何の　果《は》てといふらむ（亡くなられた紫の上様を恋しく追慕する私の涙は際限もなく流れるのに、いったい一周忌の今日を何の最後とすればよいのでしょうか）」というものでした。この歌に対する光源氏の返歌が「人恋《こ》ふる　我が身も末に　なりゆけど　残り多かる　涙なりけり（亡き紫の上を恋しく思う私自身の命も残り少なくなってゆくけれど、涙ばかりはまだまだ多く残っていて尽きないことであるなあ）」です。

この歌は贈答歌の返歌の常として、贈られた歌の表現の一部をそのまま用いています。つまり、中将の君の詠歌にみられる「恋ふる」「涙」をそのまま使用し、中将の君が「君」とした紫の上を、光源氏は「人」と変え、「果て」に対しては「末」「残り」と言い換えています。前年に最愛のパートナーを亡くした光源氏の寂しさが切々と伝わってくる歌であり、また同時に光源氏自身が我が身に死が迫っていることを自覚した歌でもあります。若い頃、栄華の絶頂を極めた光源氏の老いの孤独が身に染みます。フィクションとはいえ、光源氏のこの感慨は、古代から多くの日本人が抱いてきた普遍的なものだったのでしょう。

・花の盛りを　こなたでしまうた　どこを盛りと　暮らそやら

（『山家鳥虫歌』大和・五七）

『山家鳥虫歌』は明和八年（一七七一）の年紀を付した序文を持つ江戸時代中期の歌謡集ですが、その中には大和国で歌われていた国風《くにぶり》、つまり民謡として「花の盛りを　こなたでしまうた　どこを盛りと　暮らそやら」という歌が収録されています。「人生の盛りの時期をあなたに捧げて、無駄に過ごしてしまった。今後はいったい誰と共に人生を送っていけばよいやら」といった意味です。薄情な男に裏切られた女の嘆き節なのです。同様の発想の歌は古今数多く存在しました。中でも沖縄の島唄として有名なものに、「十九の春」という題の歌があります。

・わたしがあなたに惚《ほ》れたのは　ちょうど十九の春でした　いまさら離縁と言うならば　もとの十九にしておくれ

・もとの十九にするならば　庭の枯れ木を見てごらん　枯れ木に花が咲いたなら　十九にする

のもやすけれど

右は数ある「十九の春」の代表的な歌詞です。十九歳という女盛りの時期を、薄情な男のために無駄に過ごしてしまったという嘆きが歌われています。本書でもこの後紹介しますが、古典歌謡の中にも次のような同じ発想の歌があります。

・恋をせば　さて年寄らざるさきに召さりょ　誰かふたたび花咲かん　恋は若い時のものぢゃの　若い時のものよ

（隆達節一八二・小歌）

・十七八はふたたび候《そろ》か　枯木に花が咲き候かよの

（『日本風土記』所収「山歌」）

人生とは誰にとっても、たった一度きりのものです。恋愛に限らず、すべてのことにおいて後悔のない人生を送りたいものです。

懐　旧

・言の葉の　もし世に散らば　しのばしき　昔の名こそ　留《と》めまほしけれ
（『建礼門院右京大夫集《けんれいもんいんうきょうのだいぶしゅう》』三五八・建礼門院右京大夫）
・同じくは　心留《と》めける　いにしへの　その名をさらに　世に残さなむ
（『建礼門院右京大夫集』三五九・藤原定家）

平清盛の娘であった平徳子は、高倉天皇の中宮（正室）となり、建礼門院と呼ばれました。そして、後の安徳天皇を産みます。宮中で暮らした建礼門院には数多くの宮廷女房がお仕えしていましたが、その中の一人に、右京大夫《うきょうのだいぶ》と呼ばれた女性がいました。藤原氏一族のうち、書道の家として知られた世尊寺家の当主伊行《これゆき》の娘として生まれた女性です。先祖には三蹟《さんせき》とうたわれた書道の達人藤原行成《ゆきなり》がいました。母は音楽を家業とする大神《おおが》氏の出で、箏《そう》の達人として世に知られていた夕霧です。このように、芸能に秀でた才能をもつ両親の間に生を享けた右京大夫は、建礼門院の女房にふさわしい女性であったと思われます。そして、何より右京大夫には、秀でた和歌の才能がありました。『建礼門院右京大夫集』（貞永元年〈一二三二〉頃成立）

は右京大夫の和歌を収めた私家集《しかしゅう》です。私家集というのは、ある特定の歌人の和歌のみを収録した和歌集のことです。一部には歌のやり取りをした相手の歌も含まれていますが、基本的には特定の一人の人物が一定の期間にわたって詠み蓄えた和歌をまとめた歌集を指しています。

ところで、右京大夫にはわかっているだけで、二人の恋人がいました。一人は有名な藤原定家《さだいえ》の異父兄に当たる藤原隆信《たかのぶ》という年上の男性でした。そしてもう一人は、建礼門院の甥に当たる平資盛《すけもり》でした。資盛は右京大夫より年下でしたが、たいへんハンサムな青年だったようです。資盛の兄の維盛《これもり》は、当時光源氏に譬えられる程の美貌で、弟の資盛も兄と同様の美貌を持っていたようです。平氏と源氏の合戦が激化すると、平氏は都落ちをし、建礼門院も我が子である安徳天皇とともに西に向かい、右京大夫も宮仕えを退きました。資盛も平氏一門の武士として、同族の人々と行動を共にし、遂には壇ノ浦合戦において、命を落とすことになってしまいます。『建礼門院右京大夫集』には、恋人の資盛との恋愛関係を歌った和歌や、資盛の身の上を案じた歌、そして遂に風の便りで伝え聞いた資盛の死を悲しみ、平氏一門の滅亡に茫然自失する右京大夫の和歌等が収められています。平氏滅亡の後には、大原に尼となって隠棲した建礼門院を訪ねた長い詞書を持つ和歌も書き留められています。この詞書が元になり、後に後白河院が大原に御幸したという説話が生まれ、『平家物語』の灌頂巻に収録されたと言われています。

『建礼門院右京大夫集』の末尾近くには、たいへん感動的な出来事が記されています。右京大夫が晩年を迎えたころ、藤原定家が『新勅撰和歌集』の撰者として活動を始めていました。『新勅撰和歌集』は有名な『新古今和歌集』に次ぐ第九番目の勅撰和歌集です。勅撰和歌集を編纂する際には、撰歌資料として多くの和歌の草稿を集める必要があります。数多くの和歌の中から選りすぐりの秀歌を選んで歌集を編むためです。定家は撰歌資料とするために、右京大夫に宛てて、手元にあるこれまで詠んだ和歌の書き留めを渡してくれるように依頼しました。これは歌人にとってたいへん名誉なことでした。自分の作った和歌が、栄えある勅撰和歌集に収録される可能性があるからです。それは後代まで自分の名前と歌が伝えられることに他なりませんでした。定家がそのように声を掛けてくれたことは、右京大夫にとっては感激すべき出来事だったのです。

定家はそれに加えてさらにもう一つ右京大夫を喜ばせることを尋ねてくれたのでした。それは勅撰和歌集に名前を載せる際には、どの名がよいかということでした。どの名というのは、名前はひとつしかないと思っている現代人にとってはわかりにくく、釈然としないことです。しかし、宮廷女房には本名とは異なる仇名のような呼称があり、別の場所に出仕すると、別の呼び名に変わることがありました。右京大夫は建礼門院に仕えた後、いったん宮仕えをやめましたが、平氏が滅亡した後に、再び後鳥羽院宮廷から出仕するように請われ、後鳥羽院の女房として出仕していたのでした。すなわち具体的な名前は不明なのですが、右京大夫は「後鳥羽院〇〇」という別の女房名も持っていたのです。そこで定家はどちらの名前で記載すればよいかを尋ねたのでした。それに答えた右京大夫の和歌が、冒頭に掲げた「言の葉の もし世に散らば しのばしき 昔の名こそ 留《と》めまほしけれ」なのです。つまり「私の和歌が勅撰和歌集に掲載されることになり、世の中に広まるのならば、懐かしく忘れがたい昔の名前の方を残したいものです」という答えだったのです。私はこの歌を鑑賞するたびに、小林旭の往年のヒット曲『昔の名前で出ています』を想起させられるのですが、それはともかくとして、資盛と恋愛関係にあった若き日の思い出が、右京大夫にとっては生涯の宝であったことを思わずにはいられません。

その歌を聞いた定家は、右京大夫の意向を汲んで、「同じくは 心留《と》めける いにしへの その名をさらに 世に残さなむ」、つまり「同じことならあなたが心を深く寄せている昔の建礼門院右京大夫という名前の方を、世の中に残すのがよいでしょう」という返事をくれたのでした。『建礼門院右京大夫集』には定家の思いやりの深さを知った右京大夫が、大感激をしたことが記されています。

誰にも青春はあります。しかし、その思い出がはかなくも切ないものである時、また人の命の無常と深く結びついている時には、それは珠玉の輝きを見せるのです。老いて後、右京大夫は自らの青春を、そしてこの人の世をどのように見たのでしょうか。はたして右京大夫の老年は幸福だったのでしょうか。思いは尽きません。

・春過ぎ　夏闌《た》けて　また秋暮れ　冬の来たるをも　草木のみただ知らする　あら恋しの昔や　思い出は何につけても
（謡曲『俊寛《しゅんかん》』／『閑吟集《かんぎんしゅう》』二二〇）

・げにや眺むれば　月のみ満てる塩釜の　うら淋しくも荒れ果つる　跡の世までも潮染《じ》みて　老いの波も帰るやらん　あら昔恋しや　恋しや　恋しやと　慕へども願へども　かひも渚《なぎさ》の浦千鳥　音《ね》をのみ鳴くばかりなり　音をのみ鳴くばかりなり
（謡曲『融《とおる》』／『閑吟集』二二一）

平氏全盛の安元三年（一一七七）六月に起こった鹿ヶ谷事件は、平氏打倒の陰謀でしたが、信西《しんぜい》の子息であった静賢法印《じょうけんほういん》の京都東山鹿《しし》ヶ谷《たに》の山荘で謀議が行われたとされています。これは清盛の知るところとなり、謀議に加わった人々は平氏に捕えられ、処罰されました。そのうち、法勝寺《ほっしょうじ》で執行《しゅぎょう》を務めていた俊寛僧都《しゅんかんそうず》と藤原成経《なりつね》、平康頼《やすより》の合計三人は薩摩沖の鬼界《きかい》島《が》に流されました。執行とは、お寺のさまざまな事務を執り行う僧の役職名で、「しぎょう」とも発音しました。三人のうち、信仰心が篤かった成経と康頼は、島内に熊野三社を勧請《かんじょう》し、日々巡拝していました。

その翌年、清盛の娘で高倉天皇の中宮となっていた徳子（建礼門院）が懐妊し、安産祈願のため臨時の大赦《たいしゃ》が行われることとなりました。鬼界島の流人も赦免されることとなり、使者が島へ向かいます。その赦免状には、俊寛の名前だけがありませんでした。そして、赦免された二人を乗せた舟が島を離れる段となり、俊寛は舟に乗せるようにとすがりつきます。しかし、俊寛が舟べりにかけた手は、無情にも引きのけられてしまいます。渚に戻った俊寛は、あたり構わず泣き喚《わめ》きますが、舟影は次第に小さくなり、遂には消えてしまうのです。その場面を琵琶法師は次のように語りました。『平家物語』の語り本（流布本）から引用します。

既に舟出《いだ》すべしとて、ひしめきあへば、僧都乗っては降りつ、降りては乗っつ、あらましごとをぞし給ひける。……（中略）……艫綱《ともづな》解いて押し出《いだ》せば、僧都綱に取りつき、腰になり、脇になり、丈《たけ》の立つまでは引かれて出《い》づ。丈も及ばずなりければ、舟に取りつき、「さていかにおのおの、俊寛をば遂に捨て果《は》て給ふか。これ程とこそ思はざりつれ。日頃の情《なさけ》も今は何ならず。ただ理《り》を曲げて乗せ給へ。せめて九国《くこく》の地まで」と、口説《くど》かれけれども、都の御使《おつかい》、「いかにもかなひ候まじ」とて、取りつき給へる手を引きのけて、舟をばつひに漕ぎ出《いだ》す。僧都せん方なさに、渚にあがり、倒れ臥《ふ》し、幼き者の、乳母《めのと》や母なんどを慕ふやうに、足摺《あしず》りをして、「これ乗せて行け、具して行け」と、をめき叫べども、漕ぎ行く舟の習ひにて、跡は白波ばかりなり。

（いよいよ舟を出そうと言って、騒ぎ合っていると、俊寛僧都は舟に乗ったり降りたり、また降りては乗りして、一緒に乗っていきたいという希望を身体で示した。……（中略）……舟の艫綱を解いて押し出すと、僧都はその綱に取りついて、海水が腰の高さまで来、脇の高さまで来、背丈が立つまでの間は舟に引かれてついていく。そして、遂に背丈を越える深さまで来たので、舟に取りすがって、「さあ、あなた方は、この俊寛を最後には捨てて行くつもりなのか。そこまで薄情だとは思いもしなかった。今となってはこれまでの友情も何にもならない。ただ道理を曲げてでも、どうしても乗せてください。せめて九州の地までても」と言って、舟にすがり付いていらっしゃったが、使者はその手を引きのけて、舟を沖合まで漕ぎ出す。俊寛は仕方がないので、渚に上がって倒れ臥し、幼児が乳母や母などを慕うように、足をばたばたさせて、「これ、乗せて行け。連れて行け」と大声で喚き叫んだが、漕ぎ行く舟の常として、跡には白波が残るだけである）

まさに臨場感あふれる具体的な描写の連続で、これを芝居に仕立てたいと思う人が出てきても何の不思議もありません。実際にこの場面は能『俊寛』（一五世紀初頭の成立か）や歌舞伎『平家女護島《へいけにょごのしま》』（享保四年〈一七一三〉大坂竹本座初演）の一場面となっているのです。能『俊寛』は作者不詳ですが、歌舞伎の『平家女護島』は近松門左衛門の作です。能の方も古くは世阿弥作と伝えられていましたが、今日では世阿弥作者説は否定されています。それにしても能、歌舞伎ともに名曲として、今日でも上演される機会の多い演目となっています。

さて、冒頭に掲げた「春過ぎ 夏闌《た》けて……」の歌は、能の台本である謡曲『俊寛』の一節で、「春が過ぎ、夏も過ぎ、秋が暮れ、そして冬が訪れる。そういった季節の移ろいを知らせてくれるのは、草木だけである。ああ昔が恋しいことだ。想い出のすべてが何につけても恋しく懐かしいことよ」の意味です。室町時代の流行小歌集『閑吟集』（永正一五年〈一五一八〉成立）にも掲載されていて、室町人の愛唱歌であったことが窺われます。都で何不自由ない暮らしを送っていた昔の我が身を懐かしみ、流人《るにん》となった今の我が身を嘆く歌詞となっています。

『閑吟集』ではこの歌に続けて、「げにや眺むれば 月のみ満てる塩釜の……」という歌が収録されています。これも謡曲の一節が抄出されて歌われた大和節《やまとぶし》と呼ばれる歌謡です。現在の能の前身である大和猿楽の謡曲の一節が抄出されたので、その名称がつけられています。能『融《とおる》』（一五世紀初頭の成立か）は世阿弥の作品で、平安時代初期に実在した源融《みなもとのとおる》の逸話を演劇化した曲です。融は嵯峨天皇の皇子《みこ》で、たいへん風雅な貴公子でした。『源氏物語』の主人公光源氏は、源融をモデルにしたという説があるくらいです。数多くの伝説を後代に残しましたが、その中でも特に有名なのは、河原院《かわらのいん》と呼ばれた京都六条河原の邸宅の造営についての逸話です。融はこの邸宅に、陸奥国塩釜の風景をそのまま再現し、池には難波の海から運ばせた海水を満たしたと言います。能『融』は融が造営した河原院を舞台として、月光の下で、人の世の栄枯盛衰をしみじみと語る曲なのです。特段の事件が起こるわけではない筋立ての中で、幽玄の世界を描ききった能として、ひとつの到達点をなすとされています。

その謡曲の一節に、「げにや眺むれば 月のみ満てる塩釜の……」があります。意味は、「本当に見渡してみると、月こそ満ちてはいるものの、塩釜を模したこの庭も寂しく荒れ果ててしまったことよ。私はこうしていつの世までも潮を汲んで過ごしているが、老いという波だけが繰り返し寄せては返すだけである。ああ。昔が恋しいことよ。恋しい恋しいと思い慕い、昔に戻ることを願っても、それは甲斐のないことだ。渚で鳴く浦千鳥のように、私も声をあげて泣くばかりだ。泣くばかりだよ」となります。自らが没した後、荒れ果ててしまった河原院のありさまを見て、嘆く融の科白なのです。過去の栄華の残像を引きずりながら、現在の状況に泣く融の心境が描かれており、「恋しの昔」と歌った俊寛の心と響き合うものがあります。

・水に蛙《かわず》の 鳴く声聞けば 過ぎし昔が 思はるる

（『山家鳥虫歌』日向・三七七）

前にも引用した『山家鳥虫歌』（明和八年〈一七七一〉序）は、江戸時代中期の歌謡集ですが、日向国風《ひゅうがのくにぶり》の歌として「水に蛙《かわず》の 鳴く声聞けば 過ぎし昔が 思はるる」という一首がみられます。しかし、この歌も日向国一国だけで行われたローカルな民謡ではなく、日本各地で歌われた流行歌謡であったものと推測されます。それと言うのも『延享五年小哥《えんきょうごねんこうた》しやうが集』一八九番歌に「野辺《のべ》の蛙《かわず》の 鳴く声聞けば 在りし昔が 思はるる」、『賤《しず》が歌袋《うたぶくろ》』一三二番歌に「野辺に蛙の鳴く声きけば、すぎしむかしが思はるる」とある他、山本修之助『佐渡の民謡』（一九三〇年・地平社書房）には盆踊歌として、「土手の蛙の 鳴く声聞けば 過ぎし昔を 思ひ出す」という類歌が収録されているからです。『延享五年小哥しやうが集』は延享五年（一七四八）五月一七日という日付の記載がある歌謡集で、但馬国《たじまのくに》豊岡周辺で歌われていた民謡や流行歌謡を収録した書物とされています。また、『賤が歌袋』は文政五年（一八二二）正月から翌年八月にかけて刊行された歌謡注釈書で、播磨国赤穂の医師深沢高直が流行歌謡をイロハ順に掲げ、儒教的観点からの注釈を施したものです。

掲出した『山家鳥虫歌』の歌は、「水辺から蛙の鳴く声がしてくるのを聞いていると、過ぎ去った昔のことが思い出される」という意味になります。現代に生きる我々からすると、どうして蛙の声によって昔の記憶が蘇ってくるのかが、よく理解できません。これについて西沢爽《にしざわそう》（大正八年〈一九一九〉～平成一二年〈二〇〇〇〉）は「蛙の鳴く農閑季節の晩などによく忍び込んだ夜這いの思い出」という説を述べています。西沢説に従えば、この「過ぎし昔」は今では恋の季節を終えた老年男性が、若かった頃を思い出しているということになります。これも捨てがたい解釈かもしれません。なお、西沢爽は、美空ひばり『ひばりの佐渡情話』、小林旭『ギターを持った渡り鳥』、島倉千代子『からたち日記』、美川憲一『おんなの朝』などを手掛けた作詞家でした。また、『雑学猥学』（一九七八年・ゆまにて出版）、『雑学艶学』（一九七九年・ゆまにて出版）、『雑学女学』（一九八一年・新門出版社）などの性風俗の歴史に分け入った軽妙なエッセイも得意としました。晩年には日本歌謡学会に所属し、幕末以降の歌謡史研究も行いました。研究業績に『日本近代歌謡史』（一九九〇年・桜楓社）があります。同じ学会に所属していた私は、理事同士ということで親交を結ばせていただきました。私とは全く異なる豪快なタイプの方でしたが、一方では周囲への気配りも怠らないところがあり、たいへん魅力的な人物でした。

老後の生き方

・金《かね》が欲しさに 命を捨てて 捨ててみたれば 金要《かねい》らず
（盤珪永琢《ばんけいようたく》『臼引歌《うすひきうた》』三六）

・名利《みょうり》につかはれて、閑《しず》かなる暇《いとま》なく、一生を苦しむるこそ、愚かなれ。
（『徒然草』第三八段）

・金《こがね》は山に捨て、玉は淵に投ぐべし。
（『徒然草』第三八段）

播磨国揖西郡《いっさいぐん》浜田（現在の姫路市網干区浜田）に生まれた盤珪永琢（元和八年〈一六二二〉～元禄六年〈一六九三〉）は、江戸時代前期を代表する臨済宗の禅僧でした。盤珪は「不生《ふしょう》」と呼ばれる教えを広めました。人は生まれながらにして、不生不滅の仏心を持っており、それは生死に関係なく存在するものという考えです。つまり、形ばかりの座禅修行を否定し、日常生活そのものが座禅に通じると唱えたのです。言い換えれば、人は生まれながらにして仏心を持っているのだから、特別な修行は不要だと言ったのです。盤珪はこの「不生」の教えを平易な言葉で説くとともに、歌謡まで創作して、わかりやすく人々に広めました。その歌謡を集成した書物が明和五年（一七六八）刊の『臼引歌《うすひきうた》』です。この歌謡集には、近世小唄調（三・四／四・

三／三・四／五）の音数律を持つ歌謡が五七首収録されています。その中には興味深い歌詞の歌が数多くあります。ここに紹介する歌は、「金《かね》が欲しさに 命を捨てて 捨ててみたれば 金要《かねい》らず」です。「お金が欲しくてたまらず、命を捨てるまでのことをしてみたが、命がなければ金は要らないものであったなあ」という意味です。この世に命ほど大切なものはありません。お金はよりよく生きるために必要なものではありますが、生きていなければお金があっても何にもなりません。昔の日本人は、「命あっての物種」「あの世にお金は持っていけない」などの言葉を残しました。

『徒然草』第三八段は、「名利《みょうり》につかはれて、閑《しず》かなる暇《いとま》なく、一生を苦しむるこそ、愚かなれ（名誉や利益といった欲望に支配されて、心静かに人生の時間を過ごす間もなく、生涯にわたって自分を苦しめるのは、何と愚かなことか）」で始まる章段です。兼好はその章段の中で、「金《こがね》は山に捨て、玉は淵に投ぐべし（黄金は山に捨て、玉は淵に投げ捨てるのがよい）」とも記しています。これは中国の書物である『文選《もんぜん》』東都賦《とうとふ》の「金を山に捐《す》て、珠を淵に沈む」を踏まえた表現です。ここには兼好の隠者としての哲学が語られているかのようです。人が生きるのには、ある程度のお金が必要です。それは確かなことです。しかし、この世にお金を残しても、あの世には無一文で行かなければならないのですから、必要以上のお金や名誉は不要ということになります。

改めて老後の生き方を考え直してみる必要がありそうです。

・大事を思ひ立たん人は、去りがたく心にかからんことの本意を遂げずして、さながら捨つべきなり。
（『徒然草』第五九段）

・命は人を待つものかは。
（『徒然草』第五九段）

『徒然草』第五九段は、掲出した「大事を思ひ立たん人は、去りがたく心にかからんことの本意を遂げずして、さながら捨つべきなり」で始まります。「人生において一大事を思いついた人は、捨て去りにくく、いつまでも気にかかるようなことであっても、目的を遂げない状態で、そっくりそのまま捨て去るべきである」という意味です。兼好がここで言う「大事」とは、主として仏道修行を指しています。仏道修行を志したのなら、現在関わっていることを片付けてから始めようとか、あわてずにゆっくりと始めようと思ってはならない。すぐに始めるべきだと言うのです。その理由は人の命が無常だからです。仏道へのかかわりを後回しにしているうちに、命は尽きてしまうものだと兼好は忠告しています。そのまとめの言葉が「命は人を待つものかは（寿命と言うものは、けっして人を待つものではないのだ）」です。

兼好は持論を主張する際に、しばしば譬《たと》え話を繰り出します。ここでは、「近き火などに逃ぐる人は、「しばし」とや言ふ。身を助けんとすれば、恥をも顧みず、財《たから》をも捨てて遁《のが》れ去るぞかし（近所から火事が出て逃げる人は、「もうしばらくしてから」などと言うだろうか。我が身を助けようとすれば、恥も外聞もなく、財宝をも捨てて逃げ去るものなのである）」という火事場の譬え話が記されています。まさに、「命あっての物種」。人間にとって命より大切なものはないはずです。ここでの仏道は、現代人にとっては自己実現の道と読み替えればよいでしょう。何か人生上で大切なものごとに出会うことができたなら、ぐずぐずせずその世界に一目散に飛び込むことが大切なのだと教えてくれます。

・ついで悪《あ》しきことは、人の耳にもさかひ、心にもたがひて、そのこと成らず。
（『徒然草』第一五五段）

『徒然草』第一五五段は、「世に従《したが》はん人は、先《ま》づ機嫌《きげん》を知るべし（世間の趨勢に従って生きて行こうとする人は、まずもって時機をわきまえなければならない）」で始まります。その一文に続いて記されるのが、ここに掲出した「ついで悪《あ》しきことは、人の耳にもさかひ、心にもたがひて、そのこと成らず」です。「時宜にかなわないことは、人の耳にも逆らい、また心にも背いて、成功しないものである」という意味です。兼好はここではタイミングを心得ることの大切さを説いています。

よく使われる言葉に「間《ま》が悪い」というものがあります。その他にも「間がいい」「間が延びる」「間がもたない」「間を置く」などの慣用句をよく耳にします。「間《ま》」は日本文化を象徴する単語の一つです。ちょうどよい折の意味ですが、「ころあい」「しおどき」などという日本語と近似する意味を持っています。また、「間」は日本の伝統音楽や演劇の世界でも鍵となる重要な語です。拍《はく》と拍、動作と動作、科白《せりふ》と科白の間の時間的間隔の意味に使われますが、そこから転じてリズムやテンポの意味に用いられることもあります。

人生において、タイミングはとても重要なものであるにもかかわらず、なかなか上手につかむことができないものです。後から振り返ってみると、あの時にあそこで行動しておくべきだったのにとか、あの時に別の選択をしておけばよかったのに、という後悔は人生にはつきものです。難しいことですが、今自分が何をすべきなのかを的確に判断し、行動できる人が幸せをつかむ人だと思います。

私は後悔ばかり多い人生を歩んできた一人ですので、兼好に叱られ、罵倒されるかもしれません。しかし、せめて負け犬の遠吠えだけは、お許しください。いわく、後悔のない順風満帆《じゅんぷうまんぱん》な人生なんて、まったく深みも面白味もない、実につまらない人生なのです。何事にも間が悪く、失敗ばかりの人生こそが、真に豊かな人生なのです。とは言え、やはり間は大切ですね。トホホ。

・後《のち》は誰《たれ》にと心ざすものあらば、生《い》けらんうちにぞ譲るべき。

（『徒然草』第一四〇段）

『徒然草』第一四〇段は、遺産について記された章段です。近年は相続税の税率が上がったりして、何かと話題になっていますが、兼好は死後の財産についても記していたのです。章段の冒頭は「身死して財《たから》残ることは、智者のせざるところなり（自分が死んだ後に、財産が残ることは、知恵のある人はしないことである）」です。そして「「我こそ得め」など言ふ者どもありて、後《あと》に争ひたる、様悪《さまあ》し（「自分がもらおう」などと言い出す者たちが出現して、死後争いになるのは、何とも格好が悪いことだ）」と記します。いつの世も似たり寄ったりの光景が、繰り返されていたのですね。そういえば西郷隆盛の有名な言葉にも、「子孫のために美田を買わず」というものがありました。

ここに掲げた「後《のち》は誰《たれ》にと心ざすものあらば、生《い》けらんうちにぞ譲るべき」は、それに続けて記された兼好の忠言です。「自分が死んだ後、遺産を誰それに残そうと心に決めた人がいるならば、まだ生きているうちに譲っておくのがよい」という意味です。これは、今日で言う生前贈与に当たる行為と考えてよいでしょう。あるいは、死後に争いにならないように、生前に遺産相続人を決定しておくという意味からすれば、しかるべき遺言状を用意しておけという意味にもなるかもしれません。これも兼好が残した〝老いの心得〟のひとつなのです。

・人は、おのれをつづまやかにし、奢《おご》りを退けて、財《たから》を持たず、世をむさぼらざらんぞ、いみじかるべき。

（『徒然草』第一八段）

『徒然草』第一八段は、清貧の心得を説く章段です。清貧の思想は古代の東アジアで行われた美徳でした。その冒頭におかれた一文が、「人は、おのれをつづまやかにし、奢《おご》りを退けて、財《たから》を持たず、世をむさぼらざらんぞ、いみじかるべき（人間というものは、我が身を慎み、贅沢を退けて、財産を持たず、俗世間の利益や名誉をむやみやたらと欲しがらないのが立派なのである）」です。そして、この章段で兼好は二人の昔の中国人の逸話を挙げています。

まず一人目は許由《きょゆう》という人です。この人には貯えというものが何もなく、水さえも手ですくい上げて飲んでいました。それを見たある人が気の毒に思って、許由に水を飲むときに使う瓢箪を与えました。ある時許由は木に掛けてあったその瓢箪が、風に揺れて音を立てたのを、やかましいと思って、あっさり捨ててしまいます。以後はまた、水を手ですくい上げて飲む習慣に戻したといいます。ただこれだけの話ですが、兼好は「いかばかり心のうち涼しかりけん

（心の中はどれほどすがすがしかったことだろうか）」と記しています。つまり、許由が瓢簞を捨てて元の習慣に戻したことを、大絶賛しているのです。

もう一人孫晨《そんしん》という人物の逸話も挙げています。この人は寝具を持っておらず、寒い冬にもかかわらず、日暮れになると一束の藁《わら》を使って寝、夜が明けるとまたそれを片付けたといいます。これもただこれだけの話です。兼好はこれらの人物の逸話が書物に記されて、後の世に伝えられたのは、昔の中国の人々が、清貧に生きた二人を素晴らしい人物と思えばこそであろうと締めくくっています。

清貧の生き方は口に出して言えば簡単なようですが、現代社会にあってはなかなか実行し難い生き方です。日常生活の中で、少しでもその精神を取り入れることができれば、それで十分なのかもしれません。

・病《やまい》を受くることも、多くは心より受く。外《ほか》より来《きた》る病は少なし。

（『徒然草』第一二九段）

『徒然草』第一二九段は、近年社会問題となっている児童虐待について記される興味深い章段です。兼好は、まず冒頭に孔子の高弟であった顔回《がんかい》の逸話を紹介しています。顔回の信条は、他人に苦労をかけないということだったというのです。それに続けて、大人は幼い子どもをだましたり、脅《おど》したり、からかったりして面白がることがあるが、それは子どもにとって精神的に大きなダメージとなるので、けっしてやってはいけないことだと記します。兼好はおよそ人を害することにおいて、肉体的な損傷を与えることよりも、精神的に傷つける方がよりいっそう悪いものだと考えているのです。その考え方は「病《やまい》を受くることも、多くは心より受く。外《ほか》より来《きた》る病は少なし（病にかかることも、多くは気から起こることであって、外から来る病は少ない）」という一節に記されています。

兼好のこの考え方には納得させられるものがあります。児童虐待やいじめなど、今日の社会が抱えている問題は、まさに他人への〝思いやり〟不足から生じていると思います。〝思いやり〟というのは、他へ〝思い〟を〝遣《や》る〟ことで、相手の心を我が心とすることです。つまり、相手の立場に立って物事を考え、行動することに他なりません。相手の立場に立てるという能力は、人間が人間としてあることを示すもっとも重要な能力です。その力が今日の我々には、欠如しているのだと思います。それに気付いた人は、声を大にしてこの能力の大切さを訴えなければならないのではないでしょうか。私も頑張って訴えますが、読者の皆様にも是非とも一役買っていただき、身近なところで呼びかけていただきたいと思います。

・弓矢の儀、取り様《よう》のこと、四十歳《よそじ》よりうちは、勝つやうに、四十歳《よそじ》より後は、負けざるやうに。

（『甲陽軍鑑《こうようぐんかん》』品第三九）

・勝たんと打つべからず、負けじと打つべきなり。いづれの手かとく負けぬべきと案じて、その手を使はずして、一目《ひとめ》なりとも遅く負くべき手につくべし。

（『徒然草』第一一〇段）

『甲陽軍鑑』は天正一〇年（一五八二）に甲斐国の武田氏が滅亡した後、天正一四年（一五八六）頃までに編纂された二〇巻からなる軍書です。武田信玄（晴信）、勝頼親子の事績や軍法を、味わい深い人生訓とともに記した興味深い書物です。

ここに掲出したのは、「弓矢の儀、取り様《よう》のこと、四十歳《よそじ》よりうちは、勝つやうに、四十歳《よそじ》より後は、負けざるやうに（合戦の指揮の仕方については、四十歳までは勝つようにし、四十歳以後は負けないようにするべきだ）」という武田信玄の言葉です。つまり、四十歳を境として合戦の戦法を変えるように諭《さと》したものです。四十歳までは経験は浅いものの、体力には自信がある時期です。その時期には積極的な戦術を立てるのがよく、逆に経験は積んでいるものの、体力が衰えてくる四十歳以後は、慎重な戦術を立てるのがよいと言うのです。

これに似たような言葉は『徒然草』第一一〇段にみえます。『徒然草』第一一〇段は双六の名人の談話が記された章段です。その名人は成功の秘訣について、「勝たんと打つべからず、負けじと打つべきなり。いづれの手かとく負けぬべきと案じて、その手を使はずして、一目《ひとめ》なりとも遅く負くべき手につくべし（勝とうと思って打ってはいけない。負けまいと思って打つべきである。どの手を使うと早くに負けてしまうだろうかとよくよく考えて、その手は使わずに、たった一目であっても遅く負けるような手を使うのがよい）」と語ったといいます。これこそ信玄の言った四十歳以降の戦術に他なりません。兼好はこの双六の名人の発言を尊いものと評価し、末尾には「道を知れる教へ、身を治め、国を保《たも》たん道も、またしかなり（これはまさに道を知り尽くした人の教えであって、我が身を正しく律し、国を保っていく方法も、また同様である）」とまで言っています。後代の信玄は、図らずもこの双六の名人の教えと同じ方法で甲斐国を治めたのでした。心に響く名言だと思います。四十歳（現代ならさしずめ六十歳くらいに当たるでしょう）を過ぎたら、慎重に物事を運ぶことが大事なのかもしれません。

・声の変はる時分が人の善悪の境《さかい》なり。

（『甲陽軍鑑』品第四）

『甲陽軍鑑』には「声の変はる時分が人の善悪の境《さかい》なり」という言葉もあります。声変わりは、現代ではおおむね十二、三歳の頃に起きる成長過程での現象です。男女ともに起きますが、特に男子において顕著に現れます。その声変わりする頃が「善悪の境」だと言うのです。通常「善悪の境」とはどこまでが善いことで、どこからが悪いことかを分別することを指します。確かに声変わりする年齢は、善悪の判断が付けられるようになる頃です。しかし、この言葉の本来意味するところは、その年齢が将来善人となるか、悪人となるかのまさに境目だということです。つまり、将来どのような人間に成長するかは、声変わりする頃に決まると言うのです。

声変わりは、子どもから大人へと移行するまさにその時期に当たります。世阿弥も『風姿花伝《ふうしかでん》』の「年来稽古条々《ねんらいけいこのじょうじょう》」の「十七、八より」の中で、「このころはまた、あまりの大事にて、稽古多からず。まづ声変はりぬれば、第一の花失せたり（この頃はまた、非常に難しい時期なので、稽古は多くはしない。まず声が変わってしまうので、子どもの頃の魅力はなくなってしまっている）」と記しています。世阿弥は能役者にとって、この時期は試練の時期と考えていたようで、この記述に続けて、体も腰高になって姿の美しさもなくなり、声も盛りで花やかだったそれまでとは、すっかり変わってしまうので、稽古を行う気力も失せてしまうとまで言っています。そして、ここが役者にとっての正念場だと考えて、とにかく生涯にわたって能を捨てないようにしようと、ひたすら耐え忍ぶ以外にはないとしています。

声変わりから早数十年、シニア世代の私たちは、善悪の判断が付けられる人間になっているでしょうか。また、善人になっているでしょうか。もう一度問い直してみたいと思います。

・過ぐれば必ず怪我《けが》あると言ふ。

（『甲陽軍鑑』品第一四）

『甲陽軍鑑』には武士としての心得が随所に記されています。それらは今日では、処世訓や人生訓に相当します。そんななかから、これも武田信玄の言葉として伝えられるものに「過ぐれば必ず怪我《けが》あると言ふ（やり過ぎれば必ず怪我をするものだ）」があります。古くから伝えられる有名な諺に「過ぎたるは、猶及ばざるがごとし」がありますが、これは『論語』のなかに記された孔子の言葉で、何事も中庸をわきまえるべきだという教えになっています。また少しニュアンスは異なりますが、「出る杭《くい》は打たれる」という諺もあります。これには「出る杭は波に打たれる」「出る釘《くぎ》は打たれる」「高木《こうぼく》は風に折らる」「高木は風に倒る声」「高木は風に嫉《ねた》まれる」「誉《ほま》れは毀《そし》りの基《もと》」など多くの似た諺があり、いろいろな場面で使われてきました。

信玄の著名な言葉に、『甲陽軍鑑』品第三九所収の「人は城　人は石垣　人は堀　情けは味方　あだは敵《てき》なり」という歌があります。これは短歌形式（五・七・五・七・七）の処世訓で、道歌《どうか》とよぶべきものですが、信玄の国を治める哲学を端的に表現したものとされています。信玄は人の上に立つ者は、配下の者の能力を見分け、それぞれの能力が最大限に生かされるように、適材適所の配置をしなければならないと考えていました。これが「人は城 人は石垣 人は堀 情けは味方 あだは敵なり」という道歌の意味するところだったのです。信玄は同じ意味のことを「甘柿も渋柿も、ともに役立てよ」とも言っています。

以上のような信玄の政治哲学がわかると、「過ぐれば必ず怪我《けが》あると言ふ」という言葉にも新たな光が当てられるものと思います。つまり、自分の周りには様々な能力を持った人がいるのだから、それらの人に得意なことは任せ、ひとりで何でもやろうという無理はしない方がよいということになります。自分の身に合わない無理は失敗のもとなのです。信玄の理想とした人材活用法は、協働という考え方が叫ばれている今日の社会においては、とりわけ重要なものと言えるのではないでしょうか。

なお、「人は城……」の道歌は山梨県の新民謡『武田節』（作詞：米山愛紫、作曲：明本京静）の歌詞として取り込まれ、今日でも人口に膾炙しています。余談ですが、私は静岡県沼津市で生まれ育ちました。小学生だった頃、祖母に連れられて隣県の山梨県にぶどう狩りのバスツアーに参加したことがありました。その時にバスガイドさんが上手に歌ってくれた歌が『武田節』で、約五〇年の歳月を経た現在でも、懐かしい記憶として残っています。ちなみに、その時のバスガイドさんが言った「山はあっても山梨県、貝はなくても甲斐の国」という言葉遊びを、とても面白く思ったことを今でも忘れません。後年、私は日本語の言葉遊びを研究するようになりましたが、そのひとつのきっかけともなったのが、「山はあっても……」のフレーズでした。このような言葉遊びは〝無理問答〟と呼ばれるもので、江戸時代以来の基本的な構文に当てはめると「山はあっても山梨県とはこれいかに。貝はなくても甲斐の国と言うがごとし」となります。〝無理問答〟は禅問答をパロディーにした言葉遊びですが、江戸時代に大坂（阪）を中心とした上方で大流行しました。他の例として「一枚でも煎餅《せんべい》とはこれいかに。一個でも饅頭《まんじゅう》というがごとし」、「小豆《あずき》に大納言とはこれいかに。鳥にも五位鷺のあるがごとし」などがあります。私は各地の市民講座に招かれて、日本語の言葉遊びを使った脳トレーニング講座を開催しています。ダジャレをおおいに楽しみながら、惚け防止の脳トレーニングを行うのも、老後の楽しみかもしれませんね。

・老後は若き時より月日の早きこと十倍なれば、一日を十日とし、十日を百日とし、一月を一年とし、喜楽して、あだに日を暮らすべからず。

（貝原益軒《かいばらえきけん》『養生訓《ようじょうくん》』）

貝原益軒は江戸時代前期を代表する本草学者、また儒学者で、福岡藩に仕えた人です。寛永七年（一六三〇）に生まれ、正徳四年（一七一四）に八十五歳で没しました。代表的な著作に『養生訓』『和俗童子訓《わぞくどうじくん》』があります。『養生訓』は正徳二年（一七一二）に執筆された養生、すなわち健康についての指南書です。その中には知恵ある数々の言葉が収められていますが、そのひとつに、「老後は若き時より月日の早きこと十倍なれば、一日を十日とし、十日を百日とし、一月を一年とし、喜楽して、あだに日を暮らすべからず」という言葉があります。「老後は若い時と比べて、時間の経過が十倍も速いので、一日を一〇日、一〇日を一〇〇日、一月を一年と考えて、人生を喜び楽しんで、一日一日を無駄に過ごすべきではない」という意味です。

私は近年、時間の経過がきわめて速く感じられるようになりました。若い頃、とりわけ子ども時代は同じ月日が長く感じられたものです。はるか昔のことになりますが、小学校時代を振り返ってみますと、その六年間はとても長かったように思えます。しかし、現在から遡って六年前は、ついこの間のことで、既に六年もの歳月が経ってしまったことが信じられないような気持ちです。これは誰もが同じように持つ感慨ではないでしょうか。

こんなにも時間の経過が速いものならば、残された人生の時間もそう長くはないなと感じることもしばしばです。そう感じるたびに、今のこの一瞬一瞬を大切にしなければならないなと改めて思います。そう言えば、古くから伝えられる日本語に「刹那《せつな》」という語があります。この言葉はもともと仏教語で、時間を表す最小単位を表しました。指を一回弾く間に、六〇〜六五の刹那があると説かれています。今日でもきわめて短い時間のことを指し、「刹那的」などとして、その場その場の享楽を求める生き方を、批判的に表現することが一般的になっています。昔の日本人は我が命を「刹那」のものと自覚し、自らに与えられた日々の時間を大切に生きようとしてきました。短くても充実した濃密な時間を生きようとしたのです。過ぎ去った時間を思うとき、一瞬一瞬を大切に使いながら生きることの重要さを改めて実感します。

・野ざらしを 心に風の しむ身かな
（松尾芭蕉『野ざらし紀行』）

松尾芭蕉（寛永二一年〈一六四四〉～元禄七年〈一六九四〉）は、江戸時代前期を代表する俳諧師（俳人）です。俳諧紀行文集『奥の細道』（元禄一五年〈一七〇二〉刊）は、あまりにも有名です。『奥の細道』に先立つ芭蕉の俳諧紀行文集に『野ざらし紀行』があります。貞享元年（一六八四）八月から翌年四月にかけて、門人の粕谷千里《かすやちり》とともに、自らの出身地伊賀上野へ立ち寄りつつ、上方や東海地方を巡った旅を記した紀行文です。それは芭蕉四十一歳の時の旅でした。書名は旅立ちに際して詠んだ一句「野ざらしを 心に風の しむ身かな（旅先で野たれ死にして髑髏《されこうべ》になることも覚悟して出立しようとすると、折から吹く秋風が心に深くしみいる我が身であることよ）」に由来します。「野ざらし」は野山で風雨にさらされる髑髏のことであり、出立《しゅったつ》に際して吟じる句としては、かなり縁起が悪いものです。『野ざらし紀行』の記述方法は五・七・五の発句《ほっく》（後代〝俳句〟と呼ばれるようになりました）を中心に置き、文章はその前書きとして付けています。これは和歌で言えば、一首の歌の前に、その和歌が詠まれた経緯を説明する〝詞《ことば》書《がき》〟を置くことに相当します。芭蕉はこの作品を発表した後、次第に文章に重きを置くようになっていきます。『野ざらし紀行』以降の芭蕉の紀行文は、四十四歳の折の貞享四年（一六八七）一〇月に出立した旅の文集『笈《おい》の小文《こぶみ》』を経て、四十六歳の折の元禄二年（一六八九）三月出立の旅の文集『奥の細道』へと続きます。その過程で発句だけでなく、文章自体にも深い味わいが加えられるようになり、芭蕉は俳諧紀行文の分野を確立させていくのです。

『野ざらし紀行』の旅は、前年に当たる天和三年（一六八三）六月二〇日に死去した母の墓参をひとつの目的として計画された旅でした。江戸深川の芭蕉庵を出立し、東海道から伊勢路に入り、伊勢神宮を詣でた後、故郷の伊賀上野に至ります。そこから同行した門人千里の故郷である大和国竹内《たけのうち》を訪ね、続けて芭蕉一人で吉野へ赴きました。その後、美濃国の大垣、伊勢国の桑名、尾張国の熱田《あつた》と名古屋などを巡った後、再び伊賀上野に戻って越年しました。翌年には奈良東大寺を経て、京都、近江国大津、水口《みなくち》など上方《かみがた》各地を旅し、東海道を下って再び熱田に一時滞在した後、甲斐国谷村を経て江戸へ戻りました。

この旅は芭蕉にとっては、最愛の母の死を受けて、墓参を目的とする旅でした。また、自らも四十歳を越え、次第に人生の終焉を意識し始めていた頃の旅だったのです。そんな芭蕉の旅立ちの決意をこめた発句が「野ざらしを 心に風の しむ身かな」に他なりません。私たちは気軽に旅ができる時代に生きており、芭蕉より遥か遠距離の海外へ旅行する人も多くいます。しかし、芭蕉の発句や文章を読むとき、旅とは本来は命をかけた人生上の一大プロジェクトであることに気付かされます。現代人は改めて、旅の持つ意味の重さに思いを致すべきではないでしょうか。ちなみに芭蕉がこの世を去ったのは、『野ざらし紀行』の旅に出立したちょうど一〇年後のことでした。享年は五十一歳でした。

老いの愉しみ

・老いぬとて　などか我が身を　せめきけむ　老いずは今日に　あはましものか

（『古今和歌集』雑上・九〇三・藤原敏行《ふじわらのとしゆき》）

本書ではこれまでに、『古今和歌集』から何首かを取り上げていますが、ここには老いを主題にした少し観点の異なる歌を紹介します。『百人一首』の「住の江の　岸による波　夜さへや　夢の通ひ路　人目よくらむ」や『古今和歌集』の名歌「秋来《き》ぬと　目にはさやかに　見えねども　風の音にぞ　おどろかれぬる」（秋上・一六九）などの和歌で知られる藤原敏行の歌に、「老いぬとて　などか我が身を　せめきけむ　老いずは今日に　あはましものか」という一首があります。この歌は「年老いてしまったからといって、どうして自分の身を責めてきてしまったのでしょうか。もし、年老いて今日まで長生きして来られなければ、このよき日と巡り会うことができたでしょうか。いやできなかったはずです」という意味です。これだけでは、敏行がいったいどのような状況の下で、この歌を詠んだのか判然としませんので、歌の説明として前に付けられた詞書《ことばがき》を引用しておきます。そこには、「同じ御時《おおんとき》の殿上《うえ》の侍《さぶらい》にて、男《おのこ》どもに、大御酒《おおみき》賜《たま》ひて、大御遊《おおみあそ》びありけるついでに、仕《つこ》う奉《まつ》れる（同じ宇多天皇の治世に、清涼殿の殿上の間で、殿上人たちに、お酒を賜り、管絃の催しがあった折に、詠んで献上した歌）」とあります。したがって、天皇に向けて詠んだ歌なので、当然お世辞が含まれるわけですが、老いての後に栄えある席に召された喜びを、素直に表現した歌と考えることができます。敏行はそもそも生年が未詳で、この歌を何歳で歌ったのかも不明なのです。しかし、老いの愉しみが待っているとすれば、長生きも悪いものではありません。現代に生きる我々も、老いの愉しみを追求し、少しは長生きをしようではありませんか。

・散らぬ間《ま》の　花の陰にて　暮らす日は　老《おい》の心も　物思ひもなし
（『続古今和歌集《しょくこきんわかしゅう》』春下・一一三・藤原良実《よしざね》）

桜が満開となる季節を迎えると、心は浮き立ち、生きている喜びが実感できます。古来、日本人は花見をすることで、また一年間を生きることができたことを実感し、喜んだものでした。毎年毎年桜を見ることで、自分が生きていることを再確認してきたのです。桜の花はその美しさによって、人々の心を満たす存在でした。しかし、一方で桜の季節は短く、まだ十分に見飽きないうちに、散ってしまいます。それもまた、人生を考えさせる何よりのよすがとなります。人の命の儚さは、しばしば桜の花に譬えられました。そしてその圧倒的な美しさと、散り際の潔さは、日本人の精神史の中核に位置付けられてきたのです。人生は儚いからこそ美しいという考え方は、人生を桜の花に投影したところに起因するものだと思います。

『続《しょく》古今和歌集』は第一一番目の勅撰和歌集で、鎌倉時代の文永二年（一二六五）に完成しました。同集の春下巻の部立《ぶだて》に属する歌に「散らぬ間《ま》の　花の陰にて　暮らす日は　老《おい》の心も　物思ひもなし（まだ散ってしまう前の桜の花の下陰で、花を見ながら過ごす日は、とかく物思いしがちな老いた我が身も、何の物思いもしないことだ）」があります。老年に至ると、いろいろと思い悩むことも増えてきますが、桜花の圧倒的な美しさの下では、自分のちっぽけな物思いなどすっかり忘れ去って、呆然と時間を過ごしてしまうというのでしょう。これも老いの愉しみを歌ったものですが、日本人の桜花に寄せる思いの深さを窺わせます。藤原良実（建保三年〈一二一六〉～文永七年〈一二七〇〉）は鎌倉時代に摂関家に生まれた公卿《くぎょう》で、普光園院《ふこうおんいん》と号しました。父は摂政・関白を務めた九条道家です。良実も関白、氏長者《うじのちょうじゃ》（摂関家の当主）になりましたが、父道家が弟の実経《さねつね》を寵愛したため、父と不和になってしまいました。後には父に義絶され、所領の分配も受けられず、独立して五摂家のひとつである二条家を立てるに至りました。名家に生まれながら苦難の人生を歩んだ良実は、五十五歳で亡くなります。そんな良実は晩年を迎えた時、いったい何を思って桜花を見たのでしょうか。そして桜花の美しさによって、本当にその物思いは癒されたのでしょうか。興味深いところです。

・それ三界《さんがい》はただ心一つなり。心もし安からずは、象馬《ぞうめ》、七珍《しっちん》もよしなく、宮殿《くでん》・楼閣《ろうかく》も望みなし。今、寂しき住まひ、一間《ひとま》の庵、みずからこれを愛す。

（『方丈記』）

・心は縁にひかれて移るものなれば、閑《しず》かならでは道は行《ぎょう》じがたし。

（『徒然草』第五八段）

『方丈記』は「ゆく川の流れは……」で始まる有名な作品で、『枕草子』『徒然草』と合わせて日本三大随筆と称されています。出家して蓮胤《れんいん》と号していた鴨長明《かものちょうめい》が、五十歳を過ぎた頃の建暦二年（一二一二）に執筆した作品と考えられています。長明はこの作品の前半に、京都で次々と起こった災害を詳細に記録しています。具体的には安元三年（一一七七）の大火災、治承四年（一一八〇）の竜巻、その直後の福原遷都、養和年間（一一八一～一一八二）の大飢饉、元暦二年（一一八五）の大地震などについて記しているのです。

そして、続く後半は一転して、そんな長明が隠遁し、閑居した後の生活ぶりを描いています。

その一節に「それ三界《さんがい》はただ心一つなり。心もし安からずは、象馬《ぞうめ》、七珍《しっちん》もよしなく、宮殿《くでん》・楼閣《ろうかく》も望みなし。今、寂しき住まひ、一間《ひとま》の庵、みずからこれを愛す（そもそも、三界と呼ばれる人間の世界は、ただ心の持ちよう次第だ。もし心が穏やかでなければ、象馬や七珍という宝も意味がなく、宮殿や楼閣も不要のものだ。今、このわび住まい、それはわずか一間の小さな家であるが、私自身はこれを愛している）」とあります。物質より心を重視した、まさに清貧の思想ではありませんか。

一方、『方丈記』とともに日本三大随筆のひとつに数え上げられる『徒然草』第五八段には、「心は縁にひかれて移るものなれば、閑《しず》かならでは道は行《ぎょう》じがたし（心というものは、周囲の環境に影響されて動くものなので、静かな環境にいなければ、仏道修行を行うことは難しいものだ）」という一節があります。『方丈記』と同様に、自らを静かな環境に置くことの重要性を説いています。それは俗世間の物質的な欲望から逃れることです。そして、その環境の中でこそ、自分と向き合い、仏と向き合うことが可能になるというわけです。

老いの後、多くの仲間に交じって社会参加することはたいへん重要なことですが、時には心静かに自分と向き合う時間を作ることも大切です。長明や兼好は私たちに、そのことを教えてくれます。

・ひとり燈《ともしび》火のもとに文《ふみ》をひろげて、見ぬ世の人を友とするぞ、こよなう慰《なぐさ》むわざなる。
（『徒然草』第一三段）

老いの愉しみの一つに読書があります。若い時に比べて目が悪くなり、読書が不自由になる分、時間にはゆとりができ、長年の間読みたいと思っていた長編に挑戦することもできるでしょう。その時には是非とも、古典と呼ばれる大作にも挑んでほしいものです。『徒然草』第一三段には、昔の人の残した書物を読むことの素晴らしさを記した一節があります。「ひとり燈《ともしび》火のもとに文《ふみ》をひろげて、見ぬ世の人を友とするぞ、こよなう慰《なぐさ》むわざなる（一人で灯の下で書物を広げて、昔の人を友人とすることは、特別に心が慰められるものである）」とあります。兼好は先人の知恵ある文章を目にし、先人の言葉に耳を傾けて心に刻むことの素晴らしさを語っています。古典を読めば、既にこの世を去った人から教えを受け、会話を交わすことも可能なのです。

「見ぬ世の人を友とする」という言葉は名言で、多くの人々の心を捉えました。日本の三大古筆手鑑《こひってかがみ》のひとつに、国宝の『見努世友《みぬよのとも》』（出光美術館所蔵）と銘打つものがあります。古筆手鑑とは、古来達筆で有名な人々の自筆の書蹟を断簡の形に裁断し、台紙の上にアルバム状に貼り合せたものです。『見努世友』は表四八面に一一七枚、裏四六面に一一二枚の合計二二九枚の古筆断簡が貼られています。それらのうち、古いものは奈良時代や平安時代に生きた人たちの筆跡で、まさに「見ぬ世の人」を身近に感じることができる作品です。また、江戸時代初期に創作された仮名草子と総称される物語群の中にも、『見ぬ世の友』（明暦四年〈一六五八〉刊）という題名の教訓的な作品があります。『徒然草』の影響は大きいと言えるでしょう。

・只吟《ただぎんじて》 可臥梅花月《ふすべしばいかのつき》　成仏生天惣是虚《じょうぶつしょうてんすべてこれきょ》

（『閑吟集』九）

・形見とて　何か残さむ　春は花　夏ほととぎす　秋はもみぢ葉

（良寛）

『閑吟集』は室町時代の永正一五年（一五一八）成立の小歌集です。当時の流行歌謡であった室町小歌の歌詞三一一首を、絶妙な連歌的配列によって編集してある珠玉の秀歌撰です。その『閑吟集』に「只吟《ただぎんじて》 可臥梅花月《ふすべしばいかのつき》　成仏生天惣是虚《じょうぶつしょうてんすべてこれきょ》」という表記で収録されている歌があります。これはもともとの漢詩を反映した表記ですが、わかりやすい書き下し文に直すと「ただ吟《ぎん》じて臥《ふ》すべし　梅花《ばいか》の月《つき》　成仏生天《じょうぶつしょうてん》　すべて是《こ》れ虚《きょ》」となります。漢詩の出典は未詳ですが、日本で作られた七言の漢詩のうちの二句と考えられています。それが節付けされて歌謡となったのです。意味は「現世では月の下で梅の花を愛《め》でて、詩歌を吟じながら酔って寝てしまうのがよい。後世で仏となって天界に生まれ変わったとしても、それは所詮虚無に過ぎないのだから」となります。

この歌謡を含めて、『閑吟集』の漢詩を読み下した歌詞の歌には「吟」の肩書が付けられています。それは当該歌が「吟詩句」と呼ばれたことを意味し、その多くは五山詩を典拠としています。五山詩とは鎌倉時代末期から室町時代にかけて、主として鎌倉五山や京都五山に属する禅宗寺院で創作された漢詩文を言います。

ここに掲出した歌謡は、この世の楽しみに耽溺する気持ちを「只吟可臥梅花月《ただぎんじてふすべしばいかのつき》」と歌い、後半の「成仏生天惣是虚《じょうぶつしょうてんすべてこれきょ》」では成仏して天界に生まれ変わったとしても、それはすべて「虚」であると断じています。そして、それによって、一度きりの現世における人生のはかなさに言い及ぶのです。「成仏生天《じょうぶつしょうてん》」は「生天成仏《しょうてんじょうぶつ》」とも言い、来世で天界に生まれ変わり、煩悩を解脱《げだつ》して仏になるという意味です。南北朝時代の禅僧東山崇忍《とうざんすうにん》（生没年未詳）の漢詩文集『冷泉集《れいせんしゅう》』には、「成仏生天皆是夢《じょうぶつしょうてんみなこれゆめ》」という一節を持つ漢詩文が確認でき、『閑吟集』所収歌謡と近似しています。また、『滑稽詩文《こっけいしぶん》』（江戸時代初期成立）にも「寄喝食《かっしきによす》」と題して、「生天成仏閣思君」という類似の表現を持つ詩が収録されています。『滑稽詩文』のうち国立国会図書館蔵本には、第一句の「閣思君」に「わざくれ」という訓《よ》みが施されています。また、後代の箕田熹貞《みたきてい》『志不可起《しぶかき》』（享保一二年〈一七二七〉成立）もこの詩を小異で収録しますが、同じく「閣思君」を「わざくれ」と訓み、「和語ハ業暗《ワザクラシ》ノ義ナラン。所作ヲモ打ステヽ蒙々《モウモウ》ト暮ス体ヲ云カ」と解説しています。この「わざくれ」は近世に大流行した言葉で、「えいままよ」

というような投げやりな気持ちを表現しています。隆達節のなかにも、「夢のうき世の　露の命のわざくれ　なり次第よの　身はなり次第よの」という一首があります。「どうせはかない現世での命なのだから、えいどうなったって構わない。この身はどうなったって構わないよ」の意味です。『滑稽詩文』の詩においても、来世を「すべて是れ虚」と喝破した後の感慨を表現していると考えてよいでしょう。

同様の詩の例は、五山詩の中に多くみられますが、とりわけ一休宗純（明徳五年〈一三九四〉～文明一三年〈一四八一〉）の作品に多く確認できます。そして、この主題は隆達節の「花よ月よと　暮らせただ　ほどはないもの　うき世は（桜の花が咲いた、月が美しいと言って楽しく遊び暮らすがいいよ。どうせ人生なんてはかないものなのだから）」という歌に継承されていくものです。ただし、これらの詩歌にみられる本来の世界観は、単に享楽を追い求めるというのではなく、自然に囲まれた閑居生活の気味《きび》に遊ぶ人生を希求しているのです。

以上のような人生観は、良寛（宝暦八年〈一七五八〉～天保二年〈一八三一〉）が「形見とて　何か残さむ　春は花　夏ほととぎす　秋はもみぢ葉」と歌った境地と通底していると言えるでしょう。この和歌は「自分が死んだ後の形見として、いったい何を残そうか。春には桜の花を、夏にはホトトギスを、そして秋には紅葉した美しい葉を残そう」という意味です。まさに自然と一体となって生きた良寛の人柄を偲ばせます。私はこの歌を目にし、そして口ずさむたびに、心が柔らかくなっていく自分を感じます。良寛の到達したこの世界観こそが、悟りの境地というものかもしれません。少しでも良寛の心に近づきたいと願う今日この頃です。

『良寛さま』（相馬御風著　昭和23年刊）

・杜子美《としみ》　山谷《さんこく》　李太白《りたいはく》にも　酒を飲むなと　詩の候《そろ》か
（隆達節・二九〇・小歌）

・下戸《げこ》ならぬこそ、男《おのこ》はよけれ。
（『徒然草』第一段）

・上戸《じょうご》はをかしく、罪ゆるさるる者なり。
（『徒然草』第一七五段）

・百薬の長とはいへど、よろづの病《やまい》は酒よりこそ起これ。
（『徒然草』第一七五段）

「杜子美《としみ》　山谷《さんこく》　李太白《りたいはく》にも　酒を飲むなと　詩の候《そろ》か」は、「杜甫《とほ》（杜子美）や黄山谷《こうさんこく》、李白《りはく》（李太白）たちが作った詩に、酒を飲むななんてものは一編でもあったろうか。いやあるはずがない」という意味です。この歌は隆達節のなかでも、屈指の機知に富んだ歌と言ってよいでしょう。酒好きの人物が中国唐代の大詩人たちを引き合いに出して、飲酒を讃美し、正当化した自己弁護の歌とも読めて、興味は尽きません。

杜甫は「曲江《きょっこう》」という有名な詩のなかで、お酒について次のように歌っています。

朝回日日典春衣　　朝《ちょう》より回《かえ》りて日日春衣を典《てん》し、

毎日江頭尽酔帰
酒債尋常行処有
人生七十古来稀

毎日江頭《こうとう》に酔《え》ひを尽くして帰る。
酒債《しゅさい》は尋常行く処に有り。
人生七十古来稀なり。

大意は「朝廷から戻ると毎日のように春着を質入れして、曲江のほとりで酔って帰る。酒代を借金するのは通常のことで、行く先々にある。人生は七十歳まで生きられることは滅多にないのだから、今のうちに楽しんでおきたいものだ」となります。この詩の末尾の一節「人生七十古来稀」は、早くに我が国に紹介され、広く人口に膾炙しました。『閑吟集』五一番歌にはこの詩を引用した「何ともなやなう　何ともなやなう　人生七十古来稀《こらいまれ》なり（何ということもないなあ。人生なんて何ということもないなあ。人間が七十歳まで生きられることは昔から稀なことなのだ）」という小歌が収録されています。ちなみに、『閑吟集』には杜甫の詩を元にした歌謡として、他にも「今夜《こよい》しも鄜州《ふしゅう》の月　閨中《けいちゅう》ただ独り看《み》るらん（今宵は遠く離れた鄜州の家の閨のなかで、妻は私と同じようにこの月をたった独りで眺めていることだろう）」（一〇二〈小歌〉）、「丈人屋上《じょうじんおくじょうの》烏《からす》　人好　烏　亦好《ひとよければからすもまたよし》（あのお方の家の屋根に留まっている烏よ、あのお方が素晴らしいので、烏までが好ましく思えることだ）」（二二六〈吟詩句〉）が収録されており、杜甫の詩は室町小歌の取材源のひとつであったことがわかります。

隆達節には、ここに掲げた「杜子美《としみ》 山谷《さんこく》 李太白《りたいはく》にも 酒を飲むなと 詩の候《そろ》か」のような、味のある歌も数多くみられるのですが、和歌と比べると知名度が低く、今日ほとんど知られていません。儚い人生を謳歌し、風雅の世界に身を置くことをよしとするこのような歌を深く味わうことで、現代に生きる私たちが忘れ去ってしまった先人たちの人生観の一端を学ぶことができるのではないでしょうか。なお、デカンショ節に「論語孟子を読んではみたが 酒を飲むなと書いてない」という一節があり、時を隔てて隆達節と響き合っています。

一方、我が国の『徒然草』には第一段に、いきなり「下戸《げこ》ならぬこそ、男《おのこ》はよけれ（お酒が飲めないというのではないのが、男としてはよいのだ）」と記されています。また、兼好は第一七五段に、飲酒の心得と言えるような一節も記しています。その中に「上戸《じょうご》はをかしく、罪ゆるさるる者なり（お酒をたしなむ人は好ましく思われ、失敗があっても見逃してもらえるものだ）」があります。兼好は酒席を通じての交際をよしとしているのです。しかし、一方で「百薬の長とはいへど、よろづの病《やまい》は酒よりこそ起これ（昔から酒は百薬の長などと言うけれど、すべての病は酒が原因として起こるのである）」とも記しています。つまり、お酒は人との付き合いの場には欠かせないものではありますが、ほどほどにすべきということなのでしょう。いにしえの中国と日本におけるそれぞれの飲酒観を垣間見るような気がして、興味深いものがあります。

狩野秀頼　酔李白図　板橋区立美術館蔵

・恋の至極《しごく》は忍ぶ恋と見立て候。逢ひてからは恋の丈《たけ》が低し、一生忍んで思ひ死にすることこそ恋の本意なれ。

（山本常朝《つねとも》『葉隠《はがくれ》』聞書第二）

江戸時代の前期、佐賀鍋島藩に山本常朝《つねとも》（万治二年〈一六五九〉～享保四年〈一七一九〉）という武士がいました。四十二歳で出家して以降は、自らの名前を音読みして「じょうちょう」と称しました。この人が口述して田代陣基《たしろつらもと》が記述した書物が、武士道精神を説いた書として有名な『葉隠』（享保元年〈一七一六〉成立）です。

その『葉隠』聞書第二の条に、「恋の至極《しごく》は忍ぶ恋と見立て候。逢ひてからは恋の丈《たけ》が低し、一生忍んで思ひ死にすることこそ恋の本意なれ」とあります。意味するところは次のようです。すなわち「究極の恋とは、胸に秘めた片思いの恋で、相思相愛の関係になってからはつまらない恋となってしまう。生涯片思いを続け、その恋の思いを胸に秘めたまま死んでしまうことこそが恋の本来あるべき姿である」と言うのです。「丈」とは和歌世界で用いられた歌論用語のひとつで、品位や風格のことを言いました。すなわち、「丈が低し」とは品格が低いという意味になります。常朝は和歌世界にも通じており、道歌《どうか》に近いような処世訓を歌った和歌を数多く残しています。『葉隠』のこの件《くだり》でも、掲出した一節に続けて「この歌の如きものなり」として、「恋死なむ 後《のち》の思ひに それと知れ 遂に洩らさぬ 中の思ひは」という例歌を掲げています。この和歌の意味は、「恋い慕いながら、それを秘めたまま死んでいく。そんな私を焼く煙を見て、ずっと隠し続けてきた私の心中の恋の思いに気付いて欲しい」という意味になります。自分の胸中にある思いを相手に打ち明けることもなく、相手のために尽くす行為をよしとする常朝の恋愛観が色濃く出ています。常朝は「陰《かげ》の奉公」という陰徳《いんとく》行為を重んじましたが、まさにそれに通じる恋愛観というべきでしょう。常朝はさらにこの後、「これに同調の者「煙《けむり》仲間《なかま》」と申し候なり」と書き続けます。つまり、自分のこの考えに賛同する者を「煙仲間」と呼ぶというのです。『次郎物語』や『論語物語』で知られる作家で社会運動家の下村《しもむら》湖人《こじん》が常朝のこの思想に深く共鳴し、青少年育成事業の一環として「煙仲間」運動を提唱したことはよく知られています。ちなみに、常朝が説いているのは男色における恋愛観でした。

・菊と名がつきゃ　野菊も愛《いと》し　江戸のお菊の　名じゃほどに（白隠慧鶴《はくいんえかく》「菊図」画讃）

白隠慧鶴は貞享《じょうきょう》二年（一六八五）に駿河国原宿（現在の静岡県沼津市原）に誕生し、明和五年（一七六八）に亡くなった禅僧です。江戸時代にあって、臨済宗中興の祖と尊称されています。私は沼津市の生まれで、物心ついた頃から白隠のことを聞いていました。私に白隠のことを教えてくれたのは祖母でした。そんな祖母は、いつも「白隠さん」と呼んでいました。したがって、私にとってもこの偉大な禅僧は、やはり「白隠さん」なのです。しかし、この人が「白隠さん」なのは私にとってだけではありませんでした。同時代に生きた近郷の人々は皆、この人を「白隠さん」と呼んでいたのです。白隠さんはそんな多くの人々を相手に、仏教や禅の考え方を易しく説きました。それは誰にでも理解しやすい和語による説法、和語による歌謡、和語の画讃入りの禅画などによって行われたのです。

さて、そんな白隠が「菊」の花を描いた禅画に書き入れた画讃の歌謡が、何とも素晴らしいものです。それは「菊と名がつきゃ　野菊も愛《いと》し　江戸のお菊の　名じゃほどに」というもののです。「菊という名前がついている花ならば、野菊であっても愛おしく感じられることよ。何せ大好きな江戸のお菊と同じ名前なのだから」という意味です。「江戸のお菊」とは、いったいどのような女性だったのでしょうか。遊女なのでしょうか。それとも町娘でしょうか。もちろん同時代には、同名の女性が数多くいたことでしょう。そんな女性たちに思いを寄せる男性も多くいたはずです。つまり、身近な異性への愛情を、同名の花にまで広げる歌詞の歌なのです。白隠は人々が周囲に思いやりを持って生きることを、何よりも大切なことと考えていました。享保の大飢饉（享保一六年〈一七三一〉末～一八年〈一七三三〉初め）に際して創作した『施行歌《せぎょううた》』は、白隠のその考え方を端的に示したものです。白隠がこの画讃によって人々に伝えたかったメッセージは、人に対する思いやりを広げよ、ということだったはずです。この歌は「お菊」という女性名を入れることによって、艶な雰囲気を出しています。そして、歌詞の音数律は、リズミカルで三味線伴奏にも合う近世小唄調（三・四／四・三／三・四／五）を採用しています。人々が口の端に乗せて歌うにふさわしい歌だったのです。

享楽

・人、死を憎まば、生を愛すべし。
・人皆、生を楽しまざるは、死を恐れざる故なり。

（『徒然草』第九三段）
（『徒然草』第九三段）

『徒然草』には隠者となった兼好のストイックな思想信条ばかりが記されているかと思うと、実はそうではありません。第九三段には「人、死を憎まば、生を愛すべし（人間が死を憎むのならば、生を愛するべきだ）」「人皆、生を楽しまざるは、死を恐れざる故なり（人間が皆、生を楽しまないのは、死を恐れないからである）」などとあり、現世での生命を愛し、積極的に楽しんで生きることを主張しています。この九三段は、冒頭にひとつのたとえ話が置かれています。それは、ある人が牛を売ろうとした話です。その人の牛を買おうという人が現れて、明日代金を払って、牛を引き取ろうと約束しました。ところが、牛はその日の夜の間に死んでしまったのです。これについて、「売ろうとした人は損をし、買おうとした人は得をした」と語った人がいたと言います。それを聞いた傍にいた別の人は、「牛の持ち主は確かに損をしたけれども、一方では大きな得もしたのだ」と反論しました。そして続けて語ったその理由は、次のような内容でした。すなわち、「命あるものが、自分に死の迫っていることを知らないのはこの牛がまさにそうだ。人間もまさに同様である。思いがけずに牛は死に、持ち主の人間は生きながらえている。一日の命はどんな高額のお金よりも大切だ。それに比べれば、牛の代金などなんぼでもない。いわば高額の金を得て、小銭を失ったような人が、損をしたということはない」というのです。それを聞いた周囲にいた人々は馬鹿にして笑いましたが、反論した人は、続けて自説を披露します。その中に「人、死を憎まば、生を愛すべし」と「人皆、生を楽しまざるは、死を恐れざる故なり」が出てきます。そして最後には、「死をも恐れざるにはあらず。死の近きことを忘るるなり（いや、死を恐れないのではない。死が迫っていることを忘れているからである）」と結論付けたのです。それを聞いた周りの人々は、いっそう嘲《あざけ》り笑ったといいます。兼好が反論した人の側の論理に賛同してこれを記していることは言うまでもありません。いや、反論したこの少し理屈っぽい人こそ兼好本人ではなかったかとさえ思えます。兼好は人の命の無常を正面から見据え、短く貴重な現世での生を、有意義に生きるべきことを主張しているのです。

生かされている一日一日を大切に生き続け、最期まで生き抜くことは、誰もが理想とするところでしょう。しかし、実際にはそれを日々意識し、自覚することは、たいへん難しいことでもあります。兼好の言葉に改めて聞き耳を立てる時、日常的には忘れているその大切さをひしひしと実感できるのです。

絵本徒然草巻三（西川祐信画）

・何《なに》せうぞ　くすんで　一期《いちご》は夢よ　ただ狂《くる》へ　（『閑吟集』五五）

・遊びをせんとや　生まれけむ　戯《たわぶ》れせんとや生まれけむ　遊ぶ子どもの　声聞けば　我が身さへこそ　揺《ゆ》るがるれ　（『梁塵秘抄』巻二・四句神歌・三五九）

・ただ遊べ　帰らぬ道は　誰《たれ》も同じ　柳は緑　花は　紅《くれない》　（隆達節・二四〇・小歌）

・泣いても笑うても　ゆくものを　月よ花よと　遊べただ　（隆達節・三〇三・小歌）

・花よ月よと　暮らせただ　ほどはないもの　うき世は　（隆達節・三五二・小歌）

・あら何《なに》ともなの　うき世やの　（隆達節・二六・小歌）

・くすむ人は見られぬ　夢の夢の　夢の世を　現顔《うつつがお》して　（『閑吟集』五四）

・ひよめけよの　ひよめけよの　くすんでも　瓢箪から駒を　出す身かの　出す身かの　（『宗安小歌集《そうあんこうたしゅう》』一二二）

『閑吟集』は室町小歌の秀歌撰で、その時代を生きた人々の喜怒哀楽の思いが歌謡詞章のなかに凝縮され、記し留められています。そのなかでも、とりわけ有名な歌が最初に掲出した

「何《なに》せうぞ　くすんで　一期《いちご》は夢よ　ただ狂《くる》へ（いったい何をしようというのか、真面目くさって。どうせ人生なんて夢のようにはかないものだもの、ただ遊び狂うのがよいのだ）」でしょう。人生を夢と喝破し、狂うように促しています。この「狂へ」は、室町時代から戦国時代にかけての日本人の抱いていた人生観そのものです。

古く平安時代後期流行の今様という歌謡に、「遊びをせんとや　生まれけむ　戯《たわぶ》れせんとや生まれけむ　遊ぶ子どもの　声聞けば　我が身さへこそ　揺《ゆ》るがるれ（遊びをしようとしてこの世に生まれてきたのであろうか。戯れをしようとしてこの世に生まれてきたのであろうか。いやそうではないのに、一心に遊んでいる子どもたちの声を聞いていると、私の身体は自然と揺れ動き出してしまうことよ）」という歌があります。その時代には「遊ぶ」という言葉がキーワードとして用いられました。それは源平の合戦があった時代です。戦国時代流行の隆達節にも、「ただ遊べ　帰らぬ道は　誰《たれ》も同じ　柳は緑　花は　紅《くれない》（ただ夢中で遊ぶがよい。誰の人生にも戻り道はない。それは柳が緑色で、花が紅色であるように、自明のことよ）」「泣いても笑うても　ゆくものを　月よ花よと　遊べただ（人生なんて、泣いても笑っても瞬く間に過ぎてしまうもの。ただ月や花を求めて遊び暮らすがよい）」と「遊ぶ」をキーワードにした小歌がみられます。日本歌謡史において二大流行歌謡と称することができるのは、今様と室町小歌です。こうしてみると、我が国の流行歌謡は、戦乱の世の副産物とでも言えるようです。そして、それら流行歌謡の底流には、辛い現世をしたたかに生き、遊ぼうとする精神が流れています。後者の歌詞「花よ月よと 遊べただ」は、花や月の美しさを十分に味わって、この短い人生を過ごすがよいという歌です。類似する歌詞を持つ隆達節の小歌に「花よ月よと 暮らせただ ほどはないもの うき世は（桜の花が咲いた、月が美しいと言って楽しく遊び暮らすがいいよ。どうせ人生なんてはかないものなのだから）」があります。短い人生を、精一杯楽しんで生きるように勧める歌詞です。隆達が享楽的な人生観を歌うとき、その背後には必ず人の世の無常、儚さへの感慨がありました。隆達節の中でもよく知られた一首、「あら何《なに》ともなの うき世やの（ああ、何ということなく、あっけなく過ぎ去ってしまう人生であることよ）」という歌にも、無常というこの世の定めから逃れられない人間の哀しみが歌われていますが、これらの歌は隆達節の基調音をなしていると言えるのです。本来「花」や「月」は自然を代表するもので、中世においては閑居生活の代名詞でもありました。しかし、隆達節のこれらの歌では、「花」と「月」はその人が美しいと思うもの、大切と思うものを指していると解釈することもできます。すると、「花」「月」はその人の人生にとってかけがえのないもの、家族であったり、恋人であったり、芸術であったり、学問であったりを意味することになります。そのような生き甲斐を一途に追求して、短い人生を送ることに、人としての本当の価値があることを歌っているのです。

再び冒頭に掲げた「何《なに》せうぞ　くすんで　一期《いちご》は夢よ　ただ狂《くる》へ」の歌に戻りますが、この歌には「遊ぶ」をさらにパワーアップさせた「狂ふ」の精神が表出されています。「ただ狂へ」はこの歌のキーワードであり、また生命と言ってもよい言葉ですが、自分の思うように自由に、そして精一杯生きることを端的に表現した語です。「人生は一度きりのもので、二度目はない。やりたいことを思い切ってやるのがよい」ということに他なりません。「くすむ」という言葉は真面目くさるというくらいの意味ですが、室町小歌には『閑吟集』五四番歌に「くすむ人は見られぬ　夢の夢の　夢の世を　現顔《うつつがお》して（真面目くさった人は見ちゃいられないなあ。このはかない夢のような世を、醒めたような顔をしちゃってさあ）」、『宗安小歌集』一二二番歌に「ひよめけよの　ひよめけよの　くすんでも　瓢箪から駒を　出す身かの　出す身かの（ふらふらと頼りなげに揺れなさいよ、揺れなさいよ。真面目くさっても、けっして瓢箪から駒を出すような身ではないのだから）」があります。『宗安小歌集』というのは『閑吟集』と同じく室町時代に流行した歌謡を、宗安という人が編集した歌集で、永正一五年（一五一八）成立の『閑吟集』よりは後の時代に編集されたものと考えられています。

戦乱の世に生を享けた人々は、自らが与えられた短い時間を、十分に燃焼し尽くすことを理想としました。まさに灰燼《かいじん》となってこの世を去るといった意気込みさえ感じられます。それは単に享楽的に生きることではなく、自らの生きた証《あかし》をこの世に残すことを意味していました。翻って、現代を生きる私たちに与えられた時間というのは、いったい何なのでしょうか。それは一人ひとりが、自分の人生をもって答えるべき壮大な試験問題のようでもあります。

江戸自慢三十六興　東叡山花さかり
（二代目歌川広重・三代目歌川豊国画）

・ただ今日《きょう》よなう　明日《あす》をも知らぬ身なれば

（『宗安小歌集』九三）

無常観をわかりやすく、しかもずばりと歌った歌が『宗安小歌集』九三番歌「ただ今日《きょう》よなう　明日《あす》をも知らぬ身なれば（ただ今日が大事だなあ。明日の命さえもわからないこの身なのだから）」です。この歌が人の命の無常を歌っていることは間違いありません。明日の命は保証されていないのだから、どうしても済ませなければならないことは、今日のうちに済ませるべきだ、という意味でしょう。しかし、さらに穿った見方をすれば、この歌を恋歌として解釈することも可能です。その場合は、思いを寄せる相手を口説く時に口ずさむ歌となります。二人が仲睦まじく逢えるのも、もう今夜限りかもしれない、だから今夜こそは私に靡いて下さい、というような意味の歌だと考えるのです。それというのも、隆達節の恋歌の中には無常観が表明された恋歌が数多くみられるからです。「明日をも知らぬ露の身を　せめて言葉をうらやかに（明日の命さえわからない露のようなはかないこの身なのだから、せめて優しく温かな言葉をかけてほしいものよ）」、「情けあれただ朝顔の　花の上なる露の身なれば（私に情けをかけてほしいものよ、花の上に置いた露のように儚い我が身なのだから)」などです。これらの小歌は、掲出した『宗安小歌集』九三番歌と響き合っています。思えば、人生上の一大事である恋愛が無常とかかわらないはずはありません。露の命と思えばこそ、すべてを投げ打って恋愛に没頭できるのでしょう。恋愛に臆病で奥手であった私は、人生をかけて人を愛し、深く恋愛に没入する経験を持った人をとても羨ましく思います。

・後生《ごしょう》を願ひ　うき世も召され　朝顔の花の露より　徒《あだ》な身を（隆達節・一七二・小歌）

人生は短い、という認識は古代から現代に至るまで日本人が変わらずに抱き続けたものでした。生命活動の終了は、思いがけず突然やってきたり、本人の生き続けたいという意向に反して訪れることが多く、自らの意志で生き続けることは難しいことです。まさに無常の世の中とはこのことでしょう。そんなところから、我々の先祖は日々生かされていることを実感してきたのです。

古代の日本人は、仏教信仰がきわめて篤かったと言えます。前世・現世・来世の三世に基づいた仏教観では、現世、つまりこの世に生かされている短い時間に、来世（後生）の安穏を願うことこそ、もっとも大切なことと考えられてきました。すなわち、人が一生のうちにどうしてもなさなければならないことは、「後生を願」うことでした。言い換えれば、現世での最大の仕事は次の世での極楽往生を願うことだったのです。中世になっても、この考え方には少しの変化もありませんでした。しかし一方では、往生を願うことと同時に、現世に生かされている短い時間を満喫しようとする考え方も芽生えてきました。それは冒頭に掲出した隆達節の歌詞にある「うき世も召」すことでした。「うき世」を「召」すとは、現世での楽しみを存分に味わうことに他なりません。中世人は自らが感じ取った無常観を、現世での生き方、すなわち人生観に反映させせました。「後生《ごしょう》を願ひ　うき世も召され　朝顔の花の露より　徒《あだ》な身を」という歌は、それを表現した代表的な歌と言えるでしょう。「あの世での極楽往生も願いつつ、この世の楽しみも味わうがよい。何せ人生なんて、朝顔の花の上に置く露のようにはかないものなのだから」の意味になります。

なお、神坂次郎《こうさかじろう》に『海の稲妻』（一九九八年・日本経済新聞社）という歴史小説があります。その作品のなかに、堺の町衆である呂宋助左衛門《るそんすけざえもん》が、堺にゆかりの深かった公家山科言経《やましなときつね》とともに隆達を訪ねる場面があります。隆達は作中でこの「後生を願ひ　うき世も召され……」の小歌をはじめ、「とても消ゆべき露の身を　夢の間なりと　夢の間なりとも（どうせはかなく消えてしまう露のようなこの身だもの。夢のようにほんの短い間だけでも私を愛してください。ほんの束の間だけでも）」「独りも行き候　二人も行く　残り留まれと思ふ人も　行き候（一人去って行きます。二人も去って行きます。そして、私のもとに残り留まってほしいと思っている人まで去って行きます）」「夢のうき世の　露の命のわざくれ　なり次第よの　身はなり次第よの（はかないこの世のはかない命よ。

もうどうなろうと構わないよ。私はなるようになるだけさ。なるようになるだけなのさ)」などの隆達節を披露する設定になっていて、興味深いものがあります。

・恋をせば さて年寄らざるさきに 召さりょ 誰《たれ》かふたたび 花咲かん 恋は若い時のものぢゃの 若い時のものよ
（隆達節・一八二・小歌）
・十七八は ふたたび候《そろ》か 枯木《かれき》に花が 咲き候《そろ》かよの
（『日本風土記《にほんふどき》』所収「山歌《さんか》」）
（『のせ猿草紙』）
・思ひも恋も、若き時のならひなり。
・何事も世は若い時のもの。
（井原西鶴『好色一代男』巻四―五）

隆達節に「恋をせば さて年寄らざるさきに 召さりょ 誰《たれ》かふたたび 花咲かん 恋は若い時のものぢゃの 若い時のものよ」という小歌があります。「恋をするのなら年を取る前にしなさいよ。いったい誰が二度花を咲かせるというのでしょう。恋というものは若い時にするものだよ。本当に若い時のものだよ」の意味です。

ところで、室町小歌を書き留めた異色の書物として、『全浙兵制考《ぜんせつへいせいこう》』付録『日本風土記《にほんふどき》』というものがあります。それは中国明《みん》代の万暦《ばんれき》二〇年（一五九二／和暦では文禄《ぶんろく》元年）に刊行された書物で、侯継高《こうけいこう》という名の人物によってまとめられました。そのなかに浙江地方周辺の漢字音によって表記された一二首の「山歌《さんか》」というものが残されています。それは日本の流行歌謡の歌詞を、漢字を使って万葉仮名のように書き留めたものです。「山歌」とは、中国で日常生活のなかや労働の際に歌われる民謡や俗謡のような歌謡を意味する言葉でした。同書に記録された「山歌」は日本の室町小歌で、当時浙江地方周辺の沿岸で海賊行為を行っていた倭寇《わこう》によって伝えられた歌謡であるとされてきました。しかし、近年では日本に渡来した明の人が、九州地方で収集した流行歌謡を書き留めて本国へ送り、それが『日本風土記』として出版されたとする真鍋昌弘《まなべまさひろ》氏の説も出ています。いずれにしても、室町小歌を後世に伝える貴重な資料「山歌」の中に、「青春嘆世」という題名を付された「十七八は ふたたび候《そろ》か 枯木《かれき》に花が 咲き候《そろ》かよの」（原文表記は「寿西之法之外勿達単皮所六格革里気尼法乃挨殺雞蘇路隔揺那」）という歌謡が収録されているのです。この歌は壺井栄『母のない子と子のない母と』にも、小豆島の漁師の間で歌い継がれた歌謡として紹介されており、室町時代以降船乗りたちの間で愛唱された歌でした。最初に掲出した隆達節は、この「山歌」と同工異曲の歌なのです。

さて、隆達節の歌詞に焦点を合わせれば、主題は若者に恋愛を勧める歌詞と言えます。若い時こそ恋の花を咲かす絶好の時期だというのです。確かに生気溢れ、容姿も美しい若者こそ恋の季節の住人でしょう。しかし、言うまでもありませんが、この歌の背景には人生が短いもの、はかないものという認識があります。

室町時代に成立したと考えられている『御伽草子』の一編に『のせ猿草紙』という作品がありますが、そのなかにも「思ひも恋も、若き時のならひなり（思いも恋も、若い時のならいなのだ）」という一節があります。また、天和二年（一六八二）刊の井原西鶴『好色一代男』巻四―五「昼の釣り狐」にも「何事も世は若い時のもの（何事につけても、この世の楽しみは若い時のものだ）」とあります。西鶴がここでいう「世」とは、「世の中」という言葉を省略したもので、一般社会のことを指しますが、同時に男女の仲、つまり恋愛のことも含んでいます。

かつて、ある新聞社の調査で「若い頃に実行しないまま終わったことで、今もっとも後悔していることは何か」というアンケート調査が行われたことがありました。その回答の第一位は何と恋愛であったといいます。昔も今も変わらない人間の本質にかかわる大事は、恋愛なのかもしれません。

老いの美意識

・花は盛りに、月はくまなきをのみ、見るものかは。（『徒然草』第一三七段）
・雨に向かひて月を恋ひ、たれこめて春の行くへ知らぬも、なほあはれに情《なさ》け深し。（『徒然草』第一三七段）
・羅《うすもの》は上下《かみしも》はずれ、螺鈿《らでん》の軸は貝落ちて後こそいみじけれ。（『徒然草』第八二段）
・物を必ず一具《いちぐ》にととのへんとするは、つたなき者のすることなり。（『徒然草』第八二段）

『徒然草』第一三七段は兼好の美意識が具《つぶさ》に記された有名な章段です。その冒頭には「花は盛りに、月はくまなきをのみ、見るものかは」という一文が置かれています。「桜の花は満開の状態ばかり、月は曇りのない満月ばかりを見るものであろうか。いやそうではない」というのです。つまり、「花」や「月」は盛りの状態ばかりが素晴らしいわけではないという主張です。兼好は続けて「雨に向かひて月を恋ひ、たれこめて春の行くへ知らぬも、なほあはれに情《なさ》け深し」とも記しています。「雨空に向かって名月を恋い慕い、閉じこもって春の移り行くのを知らないまま過ごすのも、やはりなお、しみじみと情趣の深いものである」としています。実際に満開の桜の花や満月を直接目にすることができなかったとしても、その情趣を味わうことはできるのです。それは心の中に美しい花や月を思い浮かべることによって、可能となります。

『徒然草』第八二段には頓阿《とんな》の発言として、「羅《うすもの》は上下《かみしも》はずれ、螺鈿《らでん》の軸は貝落ちて後こそいみじけれ」という記述がみられます。「書物の羅の表紙は上下のへりがほつれ、螺鈿の軸は貝が欠け落ちた後が素晴らしいのだ」というのです。頓阿は俗名を二階堂貞宗《にかいどうさだむね》と称した人物で、兼好とともに二条為世という歌人の有力な弟子でした。兼好とは親しい交友関係があり、ともに為世門の和歌四天王と呼ばれた二人でした。兼好はその頓阿の発言を評価しているのです。

また、兼好と交友関係のあった別の人物に、仁和寺の弘融僧都《こうゆうそうず》がいます。兼好はその弘融の発言も引用しています。それは「物を必ず一具《いちぐ》にととのへんとするは、つたなき者のすることなり」で、「物をきちんと一揃えにしようとするのは、愚かな者のすることだ」というものです。

ここに記された美意識は兼好ひとりの美意識にとどまらず、中世日本の知識人の多くが共有していた美意識だったはずです。この美意識から、わび茶や立花《りっか》、能楽などが生まれ、禅の思想や武士道精神も深まっていき、それぞれが日本文化を代表する芸道へと発展していきました。

これらの芸道の中で示された精神的な深みこそが、日本文化の基盤となっていることは言うまでもありません。つまり、『徒然草』に表明された美意識は後世まで引き継いでいきたい大切な日本人の美意識なのです。

絵本徒然草巻三（西川祐信画）

・折節《おりふし》の移りかはるこそ、ものごとにあはれなれ。

（『徒然草』第一九段）

『徒然草』第一九段は『源氏物語』『枕草子』という具体的な書名が引用され、日本人の美意識はすべてそれら昔の書物に記されており、いまさら新たに言うこともないとする一節があることで知られています。その冒頭に置かれた一文は「折節《おりふし》の移りかはるこそ、ものごとにあはれなれ」です。「季節が移り変わるのは、何事につけても情趣のあるものだ」という意味です。日本にははっきりとした四季があり、折々ごとに美しい景物にあふれています。日本人は古くから桜、月、紅葉、雪などを愛でて、和歌や俳句のなかに詠み込み、漢詩や歌謡にも織り込んで享受してきました。兼好はそのような日本人の心を、『徒然草』第一九段の冒頭で端的に言い切っています。四季の移り変わりは、日本人にとっては時間の流れそのものでした。日本人は季節の推移の中で年齢を重ねて老い、そしてその一生を終えていくものだったのです。

季節の推移が時間の経過を可視化し、具体的に印象付けるものであったために、それは老いと死に関連付けて考えられるようになりました。中国古代の皇帝は不老不死の薬を探させ、

『竹取物語』の天皇はその薬を所持していたと言い伝えられています。人間の究極の願いは不老不死だったのです。人は不老不死の世界に憧れ、理想郷としての不老不死の空間を考え出しました。それは「四方四季」の空間でした。『源氏物語』で主人公の光源氏が造営した邸宅六条院は、四方に四季の庭を配したものでした。また、御伽草子『浦島太郎』で太郎が迎えられた竜宮城も、四方四季の庭を持つ宮殿でした。四方四季の庭とは四季が同時並行で進行している空間です。その空間には春夏秋冬という季節の推移がないため、時間の流れがきわめて緩やかだと考えられました。浦島太郎自身は竜宮城で三年を過ごしたという認識でしたが、元の通常の時間の流れる世界に戻ってみると、それは七〇〇年以上も歳月が経過していたという設定になっているのはそのためです。かくして季節の流れは人間にとって、老いと死を自覚させるものでありました。昔の日本人の持っていた季節感も、そういった無常観と通じ合う感覚だったのです。『徒然草』第一九段は日本人の季節感をわかりやすく記した名文として、いつまでも輝き続けることでしょう。

老人の徳

・老いて智の若き時に勝《まさ》れること、若くして貌《かたち》の老いたるに勝れるがごとし。
（『徒然草』第一七二段）

・とかく老いたる人の指図を漏るることなかれ。何ほど利発才覚にしても、若き人には三五の十八、ばらりと違ふこと数々なり。
（井原西鶴『世間胸算用《せけんむねさんよう》』巻一―三）

『徒然草』には老年期にある人について記した章段も複数みられますが、第一七二段には「老いて智の若き時に勝《まさ》れること、若くして貌《かたち》の老いたるに勝れるがごとし」という一文があります。この章段は若者への戒めが説かれる章段です。若い時はとかく血気にはやりがちで、先々のことを考えずに行動することが多いので、身をあやまることにつながるものだと忠告しています。一方、老人は心が落ち着いているので、無駄なことをせず、我が身を大切にかばうことができるのだと記しています。先の一節を現代語訳すれば、「齢《とし》をとって知恵が若い時より勝っていることは、若い時の容貌が老いた時より勝っているのと同じである」となります。つまり人間は年齢を重ねるにしたがって容姿は衰えて行くものの、それに反比例するかのように知恵がついていくと言うのです。人生航路においてで出くわす様々な出来事が得難い経験となり、結果として豊かな知恵が獲得できるわけです。兼好のこのような考え方は、特別なものではなく、多くの人が感じていることでしょう。それを明文化しているところに『徒然草』の魅力があります。

『徒然草』成立から三〇〇年以上後の時代に活躍した人物が井原西鶴です。彼の町人物の代表作『世間胸算用』（元禄五年〈一六九二〉刊）の巻一第三話「伊勢海老は春の栬《もみぢ》」には、「とかく老いたる人の指図を漏るることなかれ。何ほど利発才覚にしても、若き人には三五の十八、ばらりと違ふこと数々なり」という一節があります。町人物とは浮世草子作品の中で、町人の経済生活を主題としたものを指します。町人物の『世間胸算用』は、借金払いの期限である大晦日一日をめぐる様々な人間模様が記された興味深い作品です。引用した一節を現代語訳すれば、「ともかく老人の指図に背いてはならない。どれほど賢く才覚があっても、若い者の胸算用は三五の十八という具合に、目算が狂うことがしばしばである」となります。「三五の十八」は「三五の二十五」としても使われた慣用句で、計算が合わない譬えです。なにせ三五は十五が正解なのですから。

『徒然草』も『世間胸算用』も、経験を積んだ老人の経験知というものを高く評価していることになるでしょう。シニア世代はこれまでに培《つちか》ってきた知恵を活用し、後輩たちを導いていく責任があるのではないでしょうか。

生命

・死して花咲く身にてもなし。命だに長らへば、またおもしろきこともあらん。
（古浄瑠璃『名古屋山三六条通ひ《なごやさんざろくじょうがよ》』第三段）
・命ある者は、命をもって財《たから》とす。
（『今昔物語集』本朝・巻一七―二六）
・大事《だいじ》を為《な》すには、寿命が長くなくてはいけないよ。
（勝海舟『氷川清話《ひかわせいわ》』）

「命あっての物種」という諺があります。これは「命は物種」「命が物種」などとして江戸時代前期の文献からみられる古い諺です。延宝六年（一六七八）には『物種集』という書名の俳諧撰集も編集されていますから、当時の流行語のような性格を持っていた言葉だったと考えられます。

ところで、その時代の語り物に古浄瑠璃と呼ばれるジャンルがあります。そのうちのひとつ『名古屋山三六条通ひ』という作品には、「死して花咲く身にてもなし。命だに長らへば、またおもしろきこともあらん」という一節がみられます。この言葉の背景には、現在自分の生きる現世を厭離《おんり》すべき「憂き世《うきよ》」と捉え、来世での極楽往生を現世の時点でひたすら願う人生観から、逆に現世を享楽すべき「浮世《うきよ》」と見て、そこでの人生を謳歌しようとする人生観への一大転換があります。これはつまり現世での時間を大切にするということです。

実は同じような意味の言葉は、平安時代の文学作品からも探し出すことができます。天永年間から保安年間（一一一〇〜一一二四）にかけて成立したと推定される『今昔物語集』には「命ある者は、命をもって財《たから》とす」という一節があります。「命があって生きながらえている人は、その命こそが財産であると考える」という意味です。まさに後代の「命あっての物種」と同じ意味です。

幕末の大立者であった勝海舟（文政六年〈一八二三〉〜明治三二年〈一八九九〉）は『氷川清話』（一九一四年・日進堂）のなかで、「大事《だいじ》を為《な》すには、寿命が長くなくてはいけないよ」と言っています。「おもしろきこと」を求めるために生きながらえるという『名古屋山三六条通ひ』の一節とは志の高さが大きく異なりますが、ともに人間として長生きをすることは願わしいことだとしています。先に『徒然草』において兼好が四十歳になる前に死ぬのがよいと記したことを紹介しましたが、それとは相容れない人生観です。なお、『氷川清話』は東京朝日新聞の池辺三山《いけべさんざん》、国民新聞の人見一太郎《ひとみいちたろう》、東京毎日新聞の島田三郎らが海舟の談話を聞き書きして新聞に連載した記事に基づいて、吉本襄《のぼる》という人物が再編集した書物です。書名にみえる氷川とは東京にある地名で、晩年の海舟が住んでいた土地です。

そういえば私がまだ大学院の学生だった折、当時和歌文学研究の大家でいらしゃった井上宗《むね》雄《お》先生の授業を受講しました。その授業では、中世を生きた今川了俊《りょうしゅん》という歌人の和歌に関する著作を輪読に用いていました。了俊は若くして武士として活躍した後、晩年になってから冷泉派の歌人として活躍した人です。その授業の一齣で井上先生が漏らされた言葉がいまだに記憶に残っています。それは「人間は長生きすべきだなあ」というものでした。もし了俊が若くして死んでいたなら、歌人としての業績は残すことがなかったので、後代それほど有名にはならなかったというのです。了俊においては、晩年の時間が文の道に充《あ》てられた貴重な時間だったわけで、文人として名を残すことができたのは、ひとえに長生きをしたおかげだというお話でした。恩師のその一言がなぜかいまだに心に残っています。

・長うてよきもの、恥多しといへども命、女の髪、君に逢ふ夜、人の情《なさ》け。
（秦宗巴《はたそうは》『犬枕《いぬまくら》』）

・見渡せば 山もと霞む 水瀬川《みなせがわ》 夕べは秋と 何思ひけむ
（『新古今和歌集』春上・三六・後鳥羽院）

江戸時代初期に登場した文学ジャンルに、仮名草子と呼ばれるものがあります。多種多様な趣向の作品がありますが、その中に『犬枕』と題する作品がありました。この作品の作者は、徳川家康の侍医であった秦宗巴《はたそうは》（天文一九年〈一五五〇〉～慶長一二年〈一六〇八〉）と推測されています。『犬枕』はいわゆる模倣やパロディを趣向とした作品で、その題名からもわかるように、清少納言の『枕草子』をもとにしています。『枕草子』には〝もの尽くし〟の趣向による章段がみられます。「浜は有度《うど》浜、長浜、吹上《ふきあげ》の浜、打出《うちで》の浜、もろよせの浜、……」や「寺は壺坂《つぼさか》、笠置《かさぎ》、法輪《ほうりん》、……」などがそれに当たります。その〝もの尽くし〟にならって創作された『犬枕』の一段に「長うてよきもの、恥多しといへども命、女の髪、君に逢ふ夜、人の情《なさ》け」があります。「長くてよいものは、長生きすれば恥をかく機会が多いとはいうもののやはり何と言っても命、女性の黒髪、恋人と逢う夜、人から受ける情け」という意味です。ここに列挙された四つのものは、様々な次元のもので、それらを同列に列挙している点に面白さがあります。ところで、江戸時代初期は『徒然草』が多くの人に読まれた時代でした。実は『犬枕』の著者と考えられている宗巴は、『徒然草』の最初の注釈書『徒然草寿命院抄《じゅみょういんしょう》』の著者でもありました。したがって最初に挙げられた命については、『荘子』天地篇にある言葉を「命長ければ恥多し（長生きすれば恥が多い）」と『徒然草』が引用したことを踏まえて、あえてそれとは反対の主張をしていることがわかります。そのくらい『徒然草』のなかの兼好の見解は、後代の人々に大きな影響を与えていたのです。

ところで、『新古今和歌集』には後鳥羽院の「見渡せば 山もと霞む 水瀬川《みなせがわ》 夕べは秋と 何思ひけむ」（春上・三六）という和歌が収録されています。現代語訳すれば「見渡してみると、山のふもとが霞み、そこに水無瀬川が流れている。これまで夕べの情趣は秋に限るとどうして思っていたのだろう。こんなにすばらしい春の夕べがあるのも知らずに」となります。この和歌は清少納言『枕草子』第一段の「秋は夕暮れ」を踏まえ、それに対して夕暮れは秋ばかりではなく、この眼前の春の夕暮も実に素晴らしいものだと主張しているのです。つまり、『枕草子』のなかで清少納言が提起した四季の情趣が後代にまで大きな影響を与え、一種の規範となっていたことを示しています。後鳥羽院はその規範を打ち破る新たな美的世界の構築を目指し、和歌を詠んだことになるのです。先の『徒然草』の例といい、この『枕草子』の例といい、後代の人々の生き方や美意識の規範となった作品は、古典として尊重されるようになっていきました。そして、古典を尊重するがゆえに、あえてそれとは異なる美意識を構築しようとする試みまでが行われたのです。まさに古典の力は偉大であると言えるでしょう。

・山中の人は人の交はり少なく、静かにして元気を減らさず、万《よろず》ともしく不自由なる故、おのづから欲少なし。殊に魚類まれにして肉にあかず。是山中の人、命長き故なり。

（貝原益軒『養生訓』）

・体気弱く、飲食少なく、常に病多くして、短命ならんと思ふ人、かへって長生きする人多し。是弱きをおそれて、慎むによれり。

（貝原益軒『養生訓』）

既に登場した貝原益軒『養生訓』には、健康（養生）をめぐる様々な含蓄ある言葉が収録されています。そのひとつに「山中の人は人の交はり少なく、静かにして元気を減らさず、万《よろず》ともしく不自由なる故、おのづから欲少なし。殊に魚類まれにして肉にあかず。是山中の人、命長き故なり」というものがあります。「山間部の不便な場所に住んでいる人は、他人との交流も少ないため、常に心静かで元気さをすり減らすことがない。また、すべての食物が不十分であるため、自然と食欲も少ない。特に魚介類を食べることはまれで、肉も不足しがちである。これらの理由で、山間部に住む人は長生きができるのである」という意味になります。ここからは、大食こそが短命の原因とでも言いたげな益軒の考え方が感じ取れます。

また「体気弱く、飲食少なく、常に病多くして、短命ならんと思ふ人、かへって長生きする人多し。是弱きをおそれて、慎むによれり」という一節もあります。「もともと虚弱体質で、食べる量も少なく、多くの病にかかって、これではきっと短命であろうと思う人が、かえって長生きすることが多い。それは自ら虚弱体質であることを念頭に置いて、慎しんだ生活をすることによるものだ」という意味です。前掲の一節と同様に、養生の最大の敵は暴飲暴食だと言っているのです。シニア世代は孤独を抱えている人が多いと言われています。暴食はともかく、他人にも迷惑をかけることの多い酒類の暴飲だけは慎しみたいものです。

年齢

・十七八は　早川の鮎候《あゆぞろ》　寄せて寄せて　堰《せ》き寄せて　探《さぐ》らいなう　お手で探らいなう

（『宗安小歌集』一三四）

・十七八と　寝て離るるは　ただ浮草の　水離れよの

（『日本風土記』所収「山歌《さんか》」）

・女の盛りなるは　十四五六歳　二十三四とか　三十四五にし　なりぬれば　紅葉《もみじ》の下葉に　異ならず

（『梁塵秘抄』巻二・四句神歌・三九四）

・十四になる　ぼこぢゃと仰《おし》やる　裏木戸を　裏木戸を　開けてまた待つが　ぼこかの

（『宗安小歌集』一四〇）

・我が子は二十《はたち》に　なりぬらん　博打《ばくち》してこそ　歩《あり》くなれ　国々の博党《ばくとう》に　さすがに子なれば　憎かなし　負かいたまふな　王子の住吉　西の宮

（『梁塵秘抄』巻二・四句神歌・三六五）

女性の年齢は、昔から世間の関心の的だったようです。特に男性中心の社会が築かれていた時代においては、男性目線で若い女性を愛欲の対象としてみる歌謡が数多く残されています。

例えば、『宗安小歌集』に収録された歌に「十七八は 早川の鮎候《あゆぞろ》 寄せて寄せて 堰《せ》き寄せて 探《さぐ》らいなう お手で探らいなう」という一首があります。「十七、八歳の娘は流れの速い川にいる若鮎のようなものよ。流れを堰き止め、こちらへと引き寄せ引き寄せして、手探りで捕まえるものよ」の意味です。また中国の明代に成立した『全浙兵制考《ぜんせつへいせいこう》』という書物の付録として編集された『日本風土記』に、書き留められた室町小歌に「十七八と 寝て離るるは ただ浮草の 水離れよの」があります。「十七、八歳の娘と恋仲になって共寝した夜明け方に後朝の別れの辛さを味わうのは、まるで浮草が水から引き離されてしまうようなものよ」という意味です。前述のように「十七八」は美しい盛りの女性の年齢を言います。世の男たちはそんな魅力あふれる女性たちの気を引き、手に入れたいと思うのです。

その年齢より少し若い年齢から歌い始める歌謡もありました。『梁塵秘抄』の「女の盛りなるは 十四五六歳 二十三四とか 三十四五にし なりぬれば 紅葉《もみじ》の下葉に 異ならず」という一首がそれです。「女盛りの年齢は、十四五六歳から二十三四歳らしい。三十四五歳になってしまえば、美しい紅葉の葉を付けた木の下の方にある誰も見向きもしない葉のようなものだ」の意味です。現代の感覚からすると、全体的に少し若い年齢が歌われているように感じますが、それにしてもハッキリと明言したものだなと思わずにはいられません。これも男性からの目線の歌です。

一方、『宗安小歌集』には驚くような早熟の女の子の歌も収録されています。「十四になるぼこぢゃと仰《おし》やる　裏木戸を　裏木戸を　開けてまた待つが　ぼこかの」という歌がそれです。なんとなんと「十四歳にもなるこの私をまだ子どもだと仰るの。家の裏木戸を開けて男を迎え入れようと待つこの私が子どもでしょうかね」という意味なのです。なかなかにきわどい歌詞です。これは女の子自らが十四歳の自分を、もう大人の女よ、と主張する歌と言えるでしょう。十四歳は前掲の『梁塵秘抄』三九四番歌で、「女の盛り」の年齢の始まりに挙げられていますので、あながち早熟過ぎるとは言えないかもしれません。

親が我が子の年齢を歌った歌もあります。『梁塵秘抄』の「我が子は二十《はたち》に　なりぬらん　博打《ばくち》してこそ　歩《あり》くなれ　国々の博党《ばくとう》に　さすがに子なれば　憎かなし　負かいたまふな　王子の住吉　西の宮」がそれです。「我が息子はもう二十歳になったであろうよ。今は博打打ちとして諸国を放浪しているようだ。さすがに我が子とあれば憎くは思えない。諸国の博打打ちたちに負けないようにお計らいくださいよ。住吉王子、西宮王子の神様たちよ」の意味です。

人は生き続けるうちに年齢を重ねていきます。十四、十七八、二十、二十三四、三十四五などといった各年齢には、それに見合う人生のステージが用意されているはずです。それは恋の季節の始まりであったり、恋愛盛りであったり、老いの始まりであったりします。人はそれぞれの時期に異性や友人や家族などと接触し、自らの人生を豊かにしたり、相手の人生を受け容れて共に生きていったりします。人は一人では生きられません。お互いに相手を益し合う人生を歩みたいものです。

・何ともなやなう 何ともなやなう 人生七十 古来稀なり

（『閑吟集』五一）

日本人が愛した中国唐代の詩人に杜甫がいます。杜甫は四十七歳の時、長年の念願であった朝廷での仕事に就くことができました。しかし、左遷された宰相房琯《さいしょうぼうかん》を弁護したことで皇帝粛宗《しゅくそう》の怒りに触れ、翌年華州の司功参軍《しこうさんぐん》の職に左遷されてしまいます。杜甫が左遷された際に創作した詩に、「曲江《きょっこう》」という一編があります。曲江は長安の南東にあった池の名です。それは次のような詩です。左の括弧内の書き下し文とともに掲げておきます。

朝回日日典春衣　毎日江頭尽酔帰　酒債尋常行処有　人生七十古来稀
穿花蛺蝶深深見　点水蜻蜓款款飛　伝語風光共流転　暫時相賞莫相違

（朝《ちょう》より回《かえ》りて日日に春衣《しゅんい》を典《てん》し、毎日江頭《こうとう》に酔ひを尽くして帰る。酒債《しゅさい》は尋常行く処《ところ》に有り。人生七十古来稀なり。花を穿《うが》つ蛺蝶《きょうちょう》深深《しんしん》として見え、水に点ずる蜻蜓《せいてい》款款《かんかん》として飛ぶ。伝語す風光共に流転す。暫時《ざんじ》相賞して相違《たが》う莫《なか》れと）

現代日本語の訳をつけると、次のようになります。

朝廷の仕事が終わると春着を質入れし、その金で曲江のほとりで酔いつぶれるまで飲んでから帰宅する。飲み代の借金はあちこちにある。人生なんて七十歳まで生きられることは稀なのだ。揚羽蝶《あげはちょう》は飛び回って花々の奥深くの蜜を吸う姿を見せ、蜻蛉《とんぼ》は水に尾を点々と落としながらゆったりと飛んでいく。だからこそ伝えたい。この景観も人と同じように移り変わっていくものだ。しばらくはお互いに賞して、背きあうことがないようにしようと。

さて、冒頭に掲出した『閑吟集』五一番歌の「何ともなやなう　何ともなやなう　人生七十古来稀なり」は、この杜甫の詩の一節「人生七十古来稀」を用いた日本の流行歌謡です。つまり有名なフレーズを最後において、「人生なんて何ということもなくあっけなく過ぎてゆくもの、何てこともないもの、人生なんて七十歳まで生きられることは稀なのだ」という意味の歌詞の歌が生まれたのです。前半の「何ともなやなう」はこの世の無常を悟り、ふと口をついて出た口語体の科白で、しかもそれが繰り返されています。室町時代から戦国時代にかけて流行した歌謡には、無常観を湛《たた》えたこのような歌詞の歌が多くみられます。それらの歌は、現代に生きる私たちにも、人生とは何かを問いかけている気がしてなりません。

・たとひ人長命といへども、七十八十をば過ぎず。そのうちに身の盛んなることはわづかに二十余年なり。

（『平家物語』巻一〇）

『平家物語』は平家一門の栄華から滅亡までを描く軍記物語です。物語本文には仏教思想に裏打ちされた人生観が色濃く表れていますが、そのひとつに「たとひ人長命といへども、七十八十をば過ぎず。そのうちに身の盛んなることはわづかに二十余年なり」という一節がありま す。『平家物語』は伝えられた写本によって内容に相違がありますが、右の一節はもっとも多くの人に享受された流布本《るふぼん》と呼ばれる本文系統にみられるものです。意味は明瞭で、「人間はたとえ長寿といっても、たかだか七十年か八十年しか生きられないものだ。そしてそのうち、身体が頑健で充実している期間はわずか二十年余りに過ぎない」となります。

実はこれは父の反対にあった滝口入道（斎藤時頼）が、恋人であった横笛との関係を思い切り、出家する際に言った言葉なのです。横笛と滝口入道の悲恋は、『平家物語』のなかでもとりわけ有名な場面のひとつでした。この一節の後には、所詮は短い人生なのだから、好きでもない女性と生涯連れ添うのは嫌だ。しかし、愛する横笛と添おうとすれば、父親の命令に背くことになり、それは親不孝に他ならない。これが出家するよい機会であるという意味の文章が続きます。諦めきれない横笛は、出家した滝口入道を訪ねますが、遂に逢ってはもらえませんでした。後を追って尼となった横笛は、若くして亡くなったと言います。この話を琵琶法師から語り聞いた人々や、直接に物語を読んだ人々は、同情の涙を禁じ得なかったのでした。人が生きるということは、いくつもの悲しみに出会うということです。私たちの人生は、悲しみという海に浮かぶ小舟のようなものかもしれません。せめて後悔の少ない航海をしたいものです。

・命長ければ恥多し。長くとも四十《よそじ》に足らぬほどにて死なんこそ、めやすかるべけれ。（『徒然草』第七段）

・世は定めなきこそいみじけれ。（『徒然草』第七段）

・命あるものを見るに、人ばかり久しきはなし。（『徒然草』第七段）

・飽かず惜しと思はば、千年《ちとせ》を過ぐすとも、一夜《ひとよ》の夢の心地こそせめ。（『徒然草』第七段）

・住み果てぬ世に、醜き姿を待ち得て何かはせん。（『徒然草』第七段）

・命は人を待つものかは。（『徒然草』第五九段）

・人の命は、雨の晴れ間をも待つものかは。（『徒然草』第一八八段）

・明日ありと　思ふ心の　仇桜《あだざくら》　夜半《よわ》に嵐の　吹かぬものかは（親鸞）

・短くてよきもの、五十《いそじ》の後《のち》の齢《よわい》、病人への見舞振《みまいぶり》、大身《おおみ》の槍柄《やりえ》、独り寝の夜、咄《はなし》。（秦宗巴《はたそうは》『犬枕』）

・浮世《うきよ》の月　見過ごしにけり　末二年《すえにねん》（井原西鶴）

『徒然草』第七段は兼好の死生観が端的に記させていることで有名な章段です。兼好は「命長ければ恥多し。長くとも四十《よそじ》に足らぬほどにて死なんこそ、めやすかるべけれ」、すなわち「命が長ければ、その分だけ恥をかくことも多い。たとえ長くとも四十歳を越えないくらいで死ぬのが、見苦しくない生き方というものであろう」と言っているのです。それでは、兼好はその生き方を実践できたのでしょうか。いや実は、はっきりした経歴は不詳ですが、兼好は七十歳近くまで生きたようです。「なんだ。言ってることと、やっていることが違うではないか」と思う人がいてもおかしくはありません。しかし、命というものは自殺でもしない限り、意図して終わりにすることはできないのですから、仕方のないこととも言えます。

兼好は同じ第七段に、「世は定めなきこそいみじけれ（人間の命は定まっていないからこそ、素晴らしいものなのである）」、「命あるものを見るに、人ばかり久しきはなし（命ある生き物を見るにつけて、人間ほど命の長いものはない）」、「飽かず惜しと思はば、千年《ちとせ》を過ぐすとも、一夜《ひとよ》の夢の心地こそせめ（長い命であるのに不足に思い、惜しいと思うならば、たとえ千年を過ごしたとしても、それはたった一夜の夢のような気持がすることであろう）」、「住み果てぬ世に、醜き姿を待ち得て何かはせん（住み通すことのできない限りある一生なのに、老いた醜い姿を待ち迎えることができたとしても、それがいったいどうなるというのか）」などとも言っています。それぞれ含蓄のある言葉です。

『徒然草』には第五九段に、「命は人を待つものかは（命は人の都合を待ってくれるというものだろうか、いやそうではない）」、第一八八段に「人の命は、雨の晴れ間をも待つものかは（人間の命というものは雨が止んで晴れ間が見える時間まで待ってくれるものだろうか、いやそうではない）」という一節がそれぞれあります。

前者の「命は人を待つものかは」は人生の大事である仏道に入ろうとする者は、俗世でやり残したことがあったとしても、それらすべてを投げ打って、仏の道に入るべきであることを説く章段です。そして、たとえ話として近所に火事が起こって、逃げようとする人のことが引き合いに出されています。命だけは助かりたいと思えば、恥を顧みることもなく、財宝さえ捨てて逃げ出すものであるというのです。それは命が人間の都合を待ってくれるようなものではないからです。そういえば親鸞《しんらん》の作と伝えられる有名な道歌に、「明日ありと　思ふ心の　仇桜《あださくら》　夜半《よわ》に嵐の　吹かぬものかは（明日に満開の桜を見ようと思って先延ばしにするが、散りやすい桜が夜中の強い風に吹かれて散ってしまわないだろうか、いや散ってしまうものよ）」があります。まさに「いつやるか。今でしょ！」の精神に他なりません。

後者の「人の命は、雨の晴れ間をも待つものかは」も「今でしょ！」精神について兼好が語る章段です。それは登蓮《とうれん》法師という和歌の数寄者《すきもの》をめぐる逸話です。和歌の奥義のひとつに、「ますほの薄《すすき》」という言葉の由来がありました。登蓮法師は渡辺の聖《ひじり》という人が、「ますほの薄」が「まそほの薄」としても和歌に詠まれる所以《ゆえん》を伝え知っているということを耳に入れ、折からの雨をもいとわずに、すぐさま尋ね行こうとしました。傍にいた人がその様子を見て、それはあまりにせっかちではないかと言ったところ、登蓮の発した言葉が「人の命は、雨の晴れ間をも待つものかは」であったというのです。兼好はそんな登蓮の行動を、「ゆゆしく、ありがたうおぼゆれ（素晴らしく、めったにないことと思った）」と称賛しているのです。

最後に、江戸時代初期に書かれた『枕草子』のパロディー本『犬枕《いぬまくら》』を取り上げます。『犬枕』には「短くてよきもの、五十《いそじ》の後《のち》の齢《よわい》、病人への見舞振《みまいぶり》、大身《おおみ》の槍柄《やりえ》、独り寝の夜、咄《はなし》」とあります。五十歳以後の人生は短くてよいとしているところが注意されます、まさに「人生五十年」とされた時代の産物でしょう。『犬枕』の著者である秦宗巴（天文一九年〈一五五〇〉～慶長一三年〈一六〇八〉）は、『徒然草寿命院抄《じゅみょういんしょう》』という『徒然草』の注釈書を執筆しているので、この部分には兼好の「命長ければ恥多し。長くとも四十に足らぬほどにて死なんこそ、めやすかるべけれ」も念頭にあったものと推測できます。『犬枕』成立から約一世紀後に活躍した井原西鶴（寛永一九年〈一六四二〉～元禄六年〈一六九三〉）の辞世の句として知られるものに、「浮世《うきよ》の月　見過ごしにけり　末二年《すえにねん》」があります。西鶴は数え年五十二歳で亡くなりましたので、この句は「私の最後の二年の月日は、おまけのように月を見て過ごすことができたものよ」という感慨が詠み込まれているのです。これぞまさしく「人生五十年」を踏まえた句でした。

無常

・あら何《なに》ともなの　うき世やの
・世間《よのなか》は　ちろりに過ぐる　ちろり　ちろり

（隆達節・二六・草歌〈雑〉）
（『閑吟集』四九）

隆達節には五〇〇首を超える歌詞が確認されていますが、そのうちもっとも短い歌に「あら何《なに》ともなの　うき世やの（ああ、何てこともなく過ぎ去る人生だなあ）」があります。

江戸時代後期の文化八年（一八一五）に、上野国《こうずけのくに》桐生在住の月鴻《げっこう》という俳人が編集した『はいかい隆たつ』が刊行されました。この書物は当時から見て二〇〇年も前に活躍した隆達を敬慕して編集された俳書でした。今日まで伝えられている隆達節の歌本のうち、最大の収録歌数を誇る「年代不詳三百首本」（現在、国立国会図書館所蔵）から二四首を直接透き写しして、墨譜とともに抄録しています。この歌本の伝来については、序文の筆者である建部巣兆《たけべそうちょう》が「さる方の文車より求め出」たと記しています。そして、「その唱歌の中に、あら何ともなの　うき世やの、あら何ともな　昨日は過て　ふくと汁　翁、章句の風味てんと堪《たま》らぬ酔眼を見開きぬ」と続けています。「あら何ともなの　うき世やの」は隆達節の歌本「年代不詳三百首本」に収録されている歌詞です。また、「あら何ともな　昨日は過て　ふくと汁（ああ何ともなかったよ。河豚汁を食べた昨日は無事過ぎたことだ）」は『江戸三吟』（延宝六年〈一六七八〉）に収録された芭蕉の句です。『はいかい隆たつ』序文のこの文脈は、芭蕉の句が隆達節を摂取して成立したことを暗示しているようです。しかし、現在の研究では芭蕉の「あら何ともな」は、能『融《とおる》』『芦刈』『舟弁慶』『熊坂』などに見られる謡曲の常套表現に拠ったもので、隆達節からの直接的な摂取とする説は否定されています。しかし、少なくとも巣兆は隆達節の歌本を直接見て、俳諧の先達芭蕉の句を想起し、芭蕉が隆達節に拠ったと判断したのです。

また、この俳書は小林一茶が文化八年五月に、自らの後援者である斗囿《とゆう》宛にしたためた書簡のなかに「隆達とすみれ二冊、しん上仕候《じょうつまかつりそうろう》」とあることでも知られています。一茶の書簡の記述は、斗囿に『はいかい隆たつ』と北村久備《ひさとも》編の『菫草《すみれぐさ》』（文化一二年〈一八一五〉刊）の合計二冊の本を貸すことを記したものです。この年に刊行された『はいかい隆たつ』を、一茶や周辺の俳人たちがいち早く読んでいることが窺えて興味深い内容です。月鴻『はいかい隆たつ』は江戸期の俳人たちがいかに隆達とその歌謡を珍重したかを端的に物語る重要な俳書ですが、冒頭に掲げた「あら何ともなの　うき世やの」という隆達節が同書に深く関与しているのです。死生観・無常観を端的に短く言い切ったこの歌は、隆達没後も多くの人々の心を捉えた歌詞だったのです。

一方、『閑吟集』にも無常観を端的に表明した歌があります。「世間《よのなか》は　ちろりに過ぐる　ちろり　ちろり（人生なんてあっという間に過ぎ去ってしまうものよ。ちろり、ちろりとね）」がその歌です。「世間」はこの世、また人生の意味であり、男女の仲をも意味しています。人生の儚さは古来多くの歌に表明されてきましたが、一切の贅言をそぎ落としたこのような流行歌謡があったことは記憶に留めておいてよいでしょう。まさに無常の本質をついた名言として貴重なものです。

・人間五十年　下天《げてん》のうちをくらぶれば　夢幻《ゆめまぼろし》の如《ごと》くなり　一度生《ひとたびしょう》を享《う》け　滅せぬもののあるべきか

（幸若舞《こうわかまい》『敦盛《あつもり》』）

織田信長をめぐる有名な逸話として、桶狭間《おけはざま》の合戦に赴く前に、幸若舞『敦盛』の一節を歌って出陣したという話があります。それは「人間五十年　下天《げてん》のうちをくらぶれば　夢幻《ゆめまぼろし》の如《ごと》くなり　一度生《ひとたびしょう》を享《う》け　滅せぬもののあるべきか」（人間界での寿命は五十年。それは下天（化天《けてん》・化《け》楽天《らくてん》）においてはたった一日にも満たないという。まったく夢幻のように儚い人の一生であることよ。一度授けられた命で永遠に尽きないものはあるだろうか、いやひとつもないのだ）という歌でした。数え年四十九歳で本能寺において自刃した信長の一生を知っている後代の人々からすれば、この歌はまさに彼が自らの死を予期していたかとさえ思えます。そしてその思いは、いつしか信長が潔い生涯を送ったという感動に行き着き、現代に至るまで多くの日本人の間で広く伝承されてきたのです。この話は太田牛一（大永七年〈一五二七〉～慶長一八年〈一六一三〉）の『信長公《しんちょうこう》記《き》』に記されていますが、その前後は次のような内容です。

尾張国出身の天台宗僧天沢《てんたく》が甲斐国で武田信玄と対面した折に、信玄から信長の数寄（趣味）を尋ねられました。天沢は信長の第一の数寄は武芸であると答えます。信玄は重ねて、武芸以外の信長の数寄について尋ねました。それに対し、天沢は幸若舞と小歌と答えたのです。そして幸若舞では『敦盛』一曲しか舞わないこと、その詞章の中でも「人間五十年……」の一節が特に信長のお気に入りで、そこだけを口癖のように繰り返して歌い舞うことが語られました。さらに天沢は信長が愛唱する小歌として、「死のふ（う）は一定《いちじょう》、しのび草には何をしよぞ、一定かたりをこすよの（人間が死ぬのは定めである。後の人たちが私の人生を偲ぶよすがとして命ある間に何をしておこうか。人はそれをもとに思い出を語ってくれるであろう）」という歌があることを語っています。信長の愛唱歌として『敦盛』の一節以外にも、「死のふ（う）は一定……」の小歌があったことを伝えており、興味深い内容です。これらの愛唱歌は合戦前の特別な折に歌われただけでなく、武芸を愛する信長が日常的に口の端にのぼせた歌であったと考えてよいでしょう。つまり、信長の愛した歌は、無常観に裏打ちされた武将らしい潔い人生観を歌う内容でした。戦国の世に彗星のように現れ、そして去って行った信長にふさわしい歌だったと言えます。

なお、幸若舞は室町時代に起こった語り物で、安土桃山時代を経て江戸時代初期頃まで流行しました。現在でも福岡県みやま市に民俗芸能として伝承されています。

・年々歳々花相似（年々歳々《ねんねんせいせい》花相似《はなあいに》たり）　歳々年々人不同（歳々年々《せいせいねんねん》人同《ひとおな》じからず）

（『和漢朗詠集』無常・七九〇・宋之問《そうしもん》）

・昨日《きのう》見し人は今日《きょう》は見ず。朝《あした》に見る者は夕《ゆうべ》には失《う》せぬ。

（『今昔物語集』本朝巻一七第一〇話）

・朝《あした》には紅顔《こうがん》あって　世路《せいろ》に誇れども　暮《ゆうべ》には白骨《はっこつ》となって　郊原《こうげん》に朽《く》ちぬ

（『和漢朗詠集』無常・藤原義孝《ふじわらのよしたか》）

・朝《あした》に死に、夕《ゆうべ》に生るるならひ、ただ水の泡にぞ似たりける。

（『方丈記』）

・或《あるい》は露落ちて花残れり。残るといへども朝日に枯れぬ。或《あるい》は花しぼみて露なほ消えず。消えずといへども夕《ゆうべ》を待つことなし。

（『方丈記』）

日本人が好きな漢詩句に「年々歳々花相似《ねんねんせいせいはなあいにたり》　歳々年々人不同《せいせいねんねんひとおなじからず》」があります。「毎年毎年春になると桜の花は同じように咲く。しかし、その花を見る人は毎年異なるのだ」という意味です。自然の営みは悠久で、季節ごとに繰り返すものですが、それに対して人の命は無常であるというのです。これは藤原公任《ふじわらのきんとう》編の『和漢朗詠集』（寛仁二年〈一〇一八〉頃成立）の無常という部類の中に収録された句で、宋之問《そうしもん》の作とされています。しかし、作者をめぐっては有名な逸話があります。実はこれは中国唐代の詩人であった劉希夷《りゅうきい》（六五一年～六七九年／劉庭芝《ていし》とも呼ばれました）の「代悲白頭翁《はくとうをかなしむおきなにかわりて》」と題する長文の漢詩の一節に当たります。この詩を事前に聞いていた宋之問は、自分に譲るように頼んだのですが、すげなく断られました。之問は希夷の母方の親戚に当たる人物でした。これを逆恨みした之問は希夷を下僕に殺させたと言います。何ともすさまじい話です。あくまでも伝説で、到底実話とは思えませんが、詩作に命を懸けていた当時の詩人たちの雰囲気が伝わってきます。日本でも和歌のコンテストである歌合で、平兼盛に敗れた壬生忠見《みぶのただみ》が落胆のあまり病床に着き、遂には死に至ったという逸話が『沙《しゃ》石集《せきしゅう》』に伝えられています。しかし、『袋草紙《ふくろのそうし》』には死までには至らなかったように記されていますし、『忠見集《ただみしゅう》』には晩年の述懐歌も収録されていますので、この話も実話とは考えにくいものです。しかし、こちらの話も和歌という文芸の数寄者の伝説として、後代にまで喧伝されました。

「年々歳々花相似　歳々年々人不同」という漢詩句は桜の開花という自然の営みが悠久のものであるのに対し、人間の命がいかに儚いものであるかを、対句の形式で表現しています。同様の無常観を表現した文学作品は数多くありますが、ここでは『今昔物語集』本朝巻一七第一〇話から一例のみを挙げておきます。『今昔物語集』本朝巻一七第一〇話は「僧仁康《にんこう》、地蔵を祈念して疫癘《やくれい》の難を遁《のが》るる語《こと》」という表題を持つ話です。疫病《えきびょう》が流行した折、京都祇陀林寺《ぎだりんじ》の僧であった仁康《にんこう》の夢の中に、地蔵の化身の小僧が現れました。そして、仁康に向かって「あなたは、この世が無常だと思いますか」と尋ねます。それに対して仁康が答えた言葉の一部が、「昨日《きのう》見し人は今日《きょう》は見ず。朝《あした》に見る者は夕《ゆうべ》には失《う》せぬ（昨日まで親しく身近に接していた人はもう今日にはその姿が見えなくなってしまっている。朝にあった人が夕方にはもうこの世からいなくなっている）」というものです。「昨日」と「今日」、「朝」と「夕」を用いて、短時間の間の無常を表現しています。このように語を対比させて無常を表現するのは常套的な技法でした。『和漢朗詠集』無常の部には藤原義孝《ふじわらのよしたか》の「朝《あした》には紅顔《こうがん》あって世路《せいろ》に誇れども　暮《ゆうべ》には白骨《はっこつ》となって　郊原《こうげん》に朽《く》ちぬ」という有名な漢詩句が収録されています。これは後に蓮如《れんにょ》の『白骨の御文《おふみ》』（『白骨の御文章《ごぶんしょう》』）の下敷きにされた句として有名です。また、鴨長明『方丈記』にも「朝《あした》に死に、夕《ゆうべ》に生るるならひ、ただ水の泡にぞ似たりける」や「或《あるい》は露落ちて花残れり。残るといへども朝日に枯れぬ。或《あるい》は花しぼみて露なほ消えず。消えずといへども夕《ゆうべ》を待つことなし」などの類似した表現があります。

我々は親しい人が亡くなったりすると、命の無常を痛切に感じますが、医学が発達していなかった古代において、疫病によって多くの人が命をなくす状況を目の当たりにすれば、いやが上にも無常を感じざるを得ないでしょう。それは大震災で一度に多くの人を亡くした現在の私たちにとっても、同様の感慨ではないでしょうか。そういえば『方丈記』前半には多くの災害によって命が奪われたことが記され、それに基づく長明の無常観が表明されています。古代も現代も人間の本質や営みは大きく変わっていないことに改めて気づかされます。

・花も咲かずしてつぼめるうちに、嵐激しくて、誘ひぬる時もあり。入らずして雲にただよふ月もあり。
（『小町草紙』）

小野小町を主人公とする話に、『御伽草子』のうちの一編『小町草紙』があります。『御伽草子』とは江戸時代の前期に、大坂（阪）心斎橋の渋川清右衛門が刊行した二三編の室町時代物語の総称です。『小町草紙』は次のようなお話です。

小町は若い頃には絶世の美女との評判が高く、多くの男性から言い寄られました。しかし、晩年になると老醜の身となって世間から見放され、都近くの草庵に雨露をしのぐ身となってしまいます。そして遂には、人里へ物乞いに出なければならなくなるまでに零落し、人々から嘲笑されるようになります。その状況を辛く感じた小町は、奥州へと流浪の旅に出ます。最後は奥州の玉造の小野というところにたどり着き、そこで寂しい生涯を終えるのです。そんな小町の絶頂から転落への人生が、仏教的な無常観を端的に示す物語として広く中世の人々の心を捉えました。物語中の一節に「花も咲かずしてつぼめるうちに、嵐激しくて、誘ひぬる時もあり。

入らずして雲にただよふ月もあり」があります。「桜の花もまだ開花前の蕾《つぼみ》のうちに、激しい風に吹かれて枝から落ちてしまうこともある。月もまだ沈む前に雲の中に隠れてしまうこともある」という意味です。つまりこの世の美しいものがその美しい盛りの時を迎えないまま、終わってしまうことがあるというのです。小町の場合は、若い頃にその美貌で世評の頂上を極めたので、この譬えには当たりませんが、結局はどんなに盛んな者でも衰えていくという〝盛者必衰《じょうしゃひっすい》〟の理《ことわり》の中に、必ずや搦《から》め捕《と》られてしまうという意味では、何ら差がないものということができます。この世はどうしても無常なのです。

実はこの一節は、小町が奥州に下る以前、零落して都近くにわび住まいしていた時に、在原業平が小町を訪ね、述懐する言葉のなかにみえます。その場面で、業平は小町に世の無常を語って聞かせます。老少不定《ろうしょうふじょう》という言葉があるように、若くして死ぬのも無常ですが、小町のように長生きして老醜をさらすのもまた無常というわけです。いずれにしても、人の末路は寂しいものという認識です。現代において、ここまでの無常観を抱えて日々生きる必要がないことは言うまでもありませんが、私たちの先祖である中世の日本人の心には、いつも我が身の無常とそれを救ってくれる仏の世界があったのです。

・手に結ぶ　水に宿れる　月影の　あるかなきかの　世にこそありけれ
（『拾遺和歌集』哀傷・一三二二・紀貫之《きのつらゆき》〈辞世の歌〉）

我が国で編集された最初の勅撰集『古今和歌集』の中心的な撰者で、最初の仮名日記『土佐日記』の作者でもあったのは紀貫之です。その貫之には辞世の歌と伝えられる和歌があります。それは『拾遺和歌集』（寛弘三年〈一〇〇六〉頃成立）哀傷の部にみえる「手に結ぶ　水に宿れる月影の　あるかなきかの　世にこそありけれ」という一首です。現代語訳すれば「両手ですくい取る水面の上に映る月の光のように、あるのかないのかはっきりとしないこの世であることよ」となります。『拾遺和歌集』には詞書として「世の中心細くおぼえて、常ならぬ心地し侍りければ、公忠《きんただ》のもとに詠《よ》みて遣《つか》はしける、この間病《やまひ》重くなりにけり（世の中のことが心細く思えて、いつもとは違う体調となったので、源公忠のところへ詠み送った歌。この間に病気がひどく重くなってしまった）」とあります。また、歌の後には左注として「この歌詠み侍りて、ほどなく亡くなりにける、となん、家の集に書きて侍り（この歌を詠んだ後、間もなく亡くなってしまったと、貫之の家集《かしゅう》（個人の和歌を収録した歌集）には書いてあります）」とも記されています。「あるかなきかの世」とはすなわち無常の世であり、はかない人生を意味しています。その比喩が「手に結ぶ水に宿れる月影」になります。和歌の表現技巧から言えば、序詞《じょことば》という技巧が用いられているることになります。つまり、「あるかなきかの世」を導き出すために、その比喩に当たる「手に結ぶ水に宿れる月影」を序文のように冒頭に置いているのです。

この和歌は『沙石集《しゃせきしゅう》』巻五の一三「学生《がくしょう》の歌好みたる事」という説話のなかにも収録されています。源信（天慶五年〈九四二〉〜寛仁元年〈一〇一七〉）が弟子として傍に置いていた稚児《ちご》の中に和歌好きな者がおり、その稚児に触発されて、自らも和歌好きになったという逸話のなかにみえる歌なのです。もともと源信は和歌を狂言綺語（仏教信仰の妨げとなる人間をたぶらかす綺麗ごとの言葉）として憎んでいましたが、稚児の詠むこの歌を聞いて、和歌が仏道修行の助けにもなることを悟り、その道に目覚めたというのです。源信といえば平安時代中期を代表する天台宗の僧侶で、恵心僧都《えしんそうず》とも呼ばれた人でした。その呼び名の由来は、比叡山境内の横川《よかわ》の恵心院に隠棲していたことによります。『源氏物語』宇治十帖で女主人公の浮舟を助ける横川の僧都は、この源信がモデルだと言われています。ちなみに芥川龍之介『地獄変』にも横川の僧都が登場します。源信は『往生要集《おうじょうようしゅう》』と題する書物を著し、日本に浄土教信仰を広めたことでも知られる偉大な僧侶でした。前述の説話によれば、そんな源信の和歌に対する考え方を変えることになったのが貫之のこの歌だったのです。わずか三一音の歌がこのような大きな影響力を持ったのです。言葉の力とはそういうものです。

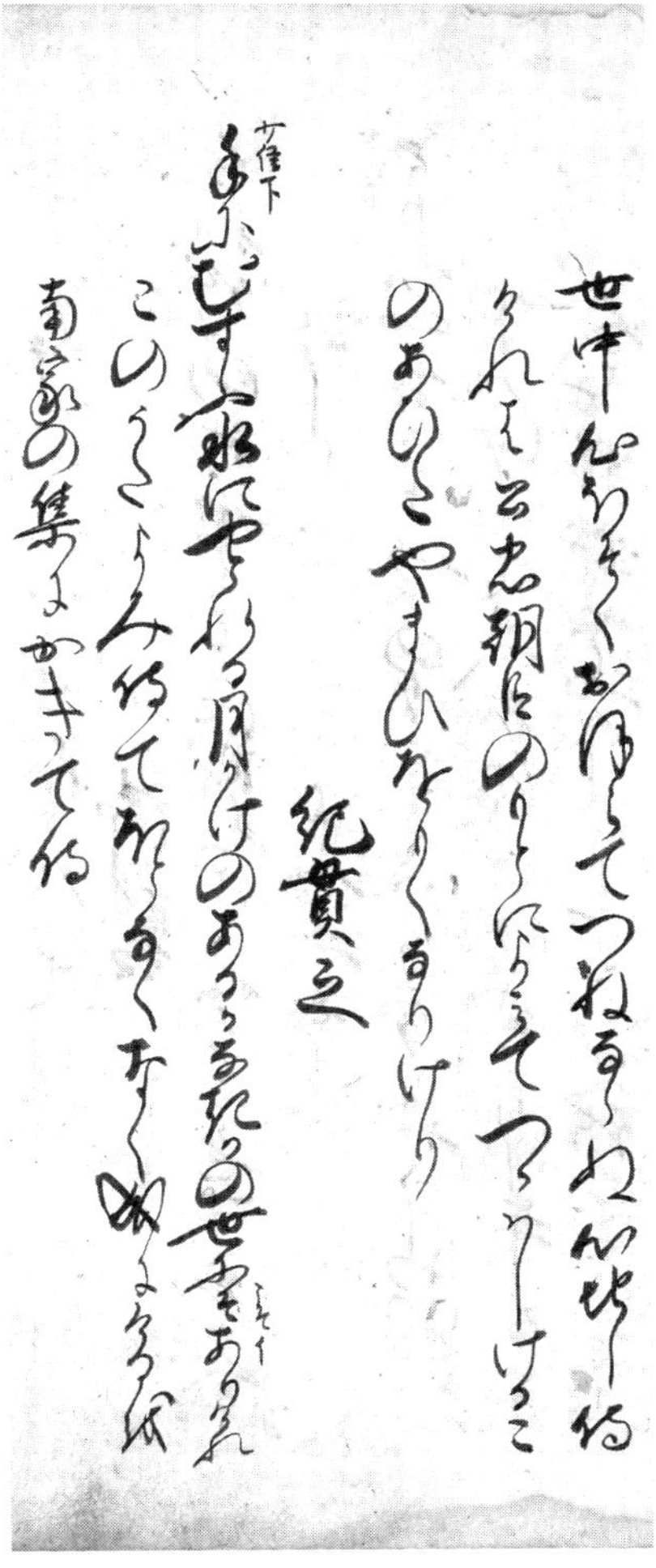

拾遺和歌集（伝足利義政写）

・蝸牛角上争何事（蝸牛《かぎゅう》の角《つの》の上に何の事をか争ふ）　石火光中寄此身（石火の光の中《うち》にこの身を寄せたり）
（『和漢朗詠集』無常・七九一・白居易《はくきょい》）

『和漢朗詠集』は平安時代中期の寛仁二年（一〇一八）頃に、藤原公任《ふじわらのきんとう》によって撰集された朗誦のための秀歌撰です。上下二巻からなり、和歌二一六首と日本人の作品を含む漢詩五八七編の合計八〇三の詩歌が収められています。上巻は春夏秋冬の四季の部で、下巻はいわゆる雑《ぞう》（恋・賀・釈教などを含む）の部となっています。一方、日本人が愛読した中国の詩集に『白氏《はくし》文集《もんじゅう》』があります。同書に収められた詩の作者は白居易（白楽天とも称されました）です。『和漢朗詠集』所収の五八七編の漢詩のうち、白居易の作品が一三五編ともっとも多くみられます。

冒頭に掲出した「蝸牛角上争何事《かぎゅうのつののうえになにのことをかあらそう》　石火光中寄此身《せっかのひかりのうちにこのみをよせたり》」という漢詩句は、白居易作のよく知られた漢詩の一節です。「カタツムリの角の上のようなこの世で、いったい何を争うのか。火打石を打ち合わせて出る一瞬の火花のような短い時間だけこの身を寄せているに過ぎないのだ」という意味です。

ところで、『白氏文集』成立よりずっと前の中国の戦国時代に著された有名な漢籍に『荘子』があります。『荘子』は道家の思想家であった荘周（荘子）が著した書物で、現存するテキストは内篇七篇・外篇一五篇・雑篇一一篇からなっています。そのうち、雑篇の則陽《そくよう》と題された章には、カタツムリの左の角に触氏、右の角に蛮氏がそれぞれ国を治めて領地争いをしたという譬え話がみえます。この逸話は「蝸牛角上の争い」と呼ばれています。白居易はそれを踏まえて、この詩を作りました。人は誰もこの世でわずかな時間しか与えられていません。そんなはかない人生のなかで争いごとをして、貴重な時間を浪費する愚かさを述べています。争いごとに限らず、人生において無駄な時間は多いものです。皮肉なことに、より良い人生を生きようという欲望を持てば持つほど、争いごとや雑事は増えるものです。この矛盾こそ、古代から現代、そして未来まで続く人間の永遠の課題かもしれません。隠者と呼ばれた人たちはそのような矛盾から逃れようとした人たちですが、彼らをもってしても、自由に生きることはなかなかに難しいことであったようです。自分に与えられた時間を少しでも有意義に過ごすにはどうしたらよいのか、このことについてじっくりと考えておくことが大事ではないでしょうか。

・身を観ずれば水の泡　消えぬる後は人もなし　命《いのち》を思へば月の影　出《い》で入《い》る　息にぞ留まらぬ

（一遍『別願和讃《べつがんわさん》』）

・ゆく川の流れは絶えずして、しかももとの水にあらず。淀みに浮かぶ泡沫《うたかた》は、かつ消え、かつ結びて、久しく留まりたるためしなし。

（『方丈記』）

・観身岸額離根草（身を観ずれば岸の額《ひたい》に根を離《はな》れたる草）　論命江頭不繋舟（命を論ずれば江の頭《ほとり》に繋がざる舟）

（『和漢朗詠集』無常・七八九・羅維《らい》）

一遍《いっぺん》（延応元年〈一二三九〉～正応二年〈一二八九〉）は浄土教の一派である時衆（宗）の開祖として知られる高僧です。彼は生前から弟子たちに、自分の死後は一切のものを焼き捨てるように命じていたため、教義を記した書物類は後代に残りませんでした。しかし、唯一『別願和讃』と銘打つ美しい和讃のみは後の世に伝えられました。『一遍聖絵《いっぺんひじりえ》』によればこの和讃は弘安一〇年（一二八七）、一遍が四十九歳を迎えた春に、播磨国松原八幡宮（現在の兵庫県姫路市白浜町にあります）で創作して披露したものとされています。一遍はその二年後に五十一歳で入寂していますから、まさに最晩年の業績ということになります。この和讃の中には、一遍が到達した仏教的な世界観が余すところなく歌い上げられています。掲出した「身を観ずれば水の泡　消えぬる後は人もなし　命《いのち》を思へば月の影　出《い》で入《い》る息にぞ留まらぬ」という対句は、その和讃の冒頭部に当たります。「我が身をよくよく観察してみれば、それはまるで水に浮かぶ水の泡のようなもので、命が終わってしまえば、人間としての形も何も残らない。我が命をよくよく観察してみれば、それはまるで月の光のようなもので、一息つく間もこの世に留まっていることができない」という意味になります。この一節からは鴨長明『方丈記』の「ゆく川の流れは絶えずして、しかももとの水にあらず。淀みに浮かぶ泡沫《うたかた》は、かつ消え、かつ結びて、久しく留まりたるためしなし」を連想せずにはいられません。人間存在の儚さ、命の無常を水に浮かぶ泡に譬えているのです。

　また、この『別願和讃』の「身を観ずれば」「命を思へば」は、『和漢朗詠集』無常に収録された羅維《らい》の七言詩「観身岸額離根草《みをかんずればきしのひたいにねをはなれたるくさ》　論命江頭不繫舟《いのちをろんずればえのほとりにつながざるふね》」の対句も踏まえています。羅維の詩では人間存在の頼りなさを、水に漂う根無し草や繫留されていない舟に譬えているのに対し、一遍は泡と月影という儚いものに譬えています。考えてみれば、泡や月影は目で見ることはできても、捕捉することのできない、いわば実体のないものです。無常観の表現として、漂泊するものから実体のない空疎なものに譬えを差し替えた一遍の手腕を高く評価すべきでしょう。また、「命」「出で」「入る」「息」とイ音の語を繰り返し置いて韻を踏み、リズムを作り出しています。一遍は仏教の一派の開祖であると同時に、哲学者であり、そして何よりも詩人だったのです。

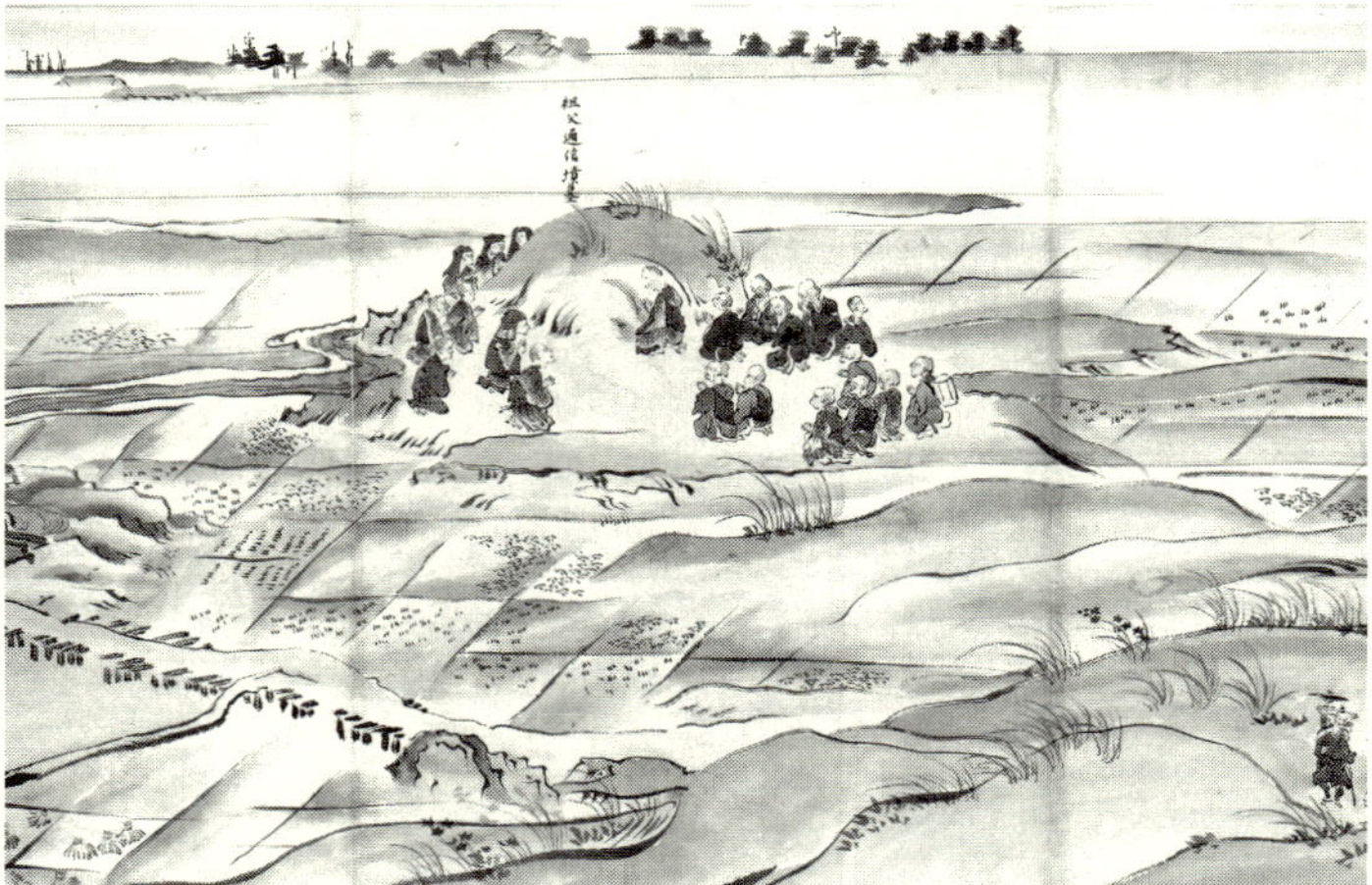

一遍上人絵詞（聖戒撰・円伊画）

・祇園精舎《ぎおんしょうじゃ》の鐘の声、諸行無常《しょぎょうむじょう》の響きあり。

（『平家物語』一）

『平家物語』は平家一門の栄華と没落を、仏教的無常観を基調とした美しい和漢混淆文《わかんこんこうぶん》で描いています。掲出した一文「祇園精舎《ぎおんしょうじゃ》の鐘の声、諸行無常《しょぎょうむじょう》の響きあり」は、その『平家物語』のあまりにも有名な冒頭部分です。「釈迦ゆかりの祇園精舎の鐘の音には、この世にあるすべてのものは流転し変化するものだという真理を告げる響きがある」という意味です。「祇園精舎」とは釈迦に帰依したインドの須達《しゅだつ》長者が、建立して寄進したお寺の名前です。また、「諸行無常」は『涅槃経《ねはんきょう》』巻一四の「雪山偈《せっせんげ》（諸行無常偈とも呼ばれます）」の「諸行無常《しょぎょうむじょう》、是生滅法《ぜしょうめっぽう》、生滅滅已《しょうめつめつい》、寂滅為楽《じゃくめついらく》（この世にあるすべてのものは変化し、生命のあるものは必ず滅びて死に至る。煩悩を捨て去った時、生じ滅するといった移り変わりは止《や》んで、涅槃の境地に至り、真の安楽を得る）」の第一句目に当たります。「雪山偈」の「雪山」は「雪山童子」という人物の名前に由来します。それは釈迦が前生菩薩として修行していた時の名前といいます。「雪山童子」はこの偈の後半二句を羅刹《らせつ》から教えてもらうために、我が身を捨てようとしたのです。羅刹というのは悪鬼のことです。この故事から「諸行無常」で始まる四句は、「雪山偈」と呼ばれています。この偈は起承転結がはっきりしており、無常を諭す前半から一転して、後半は仏の悟りの境地を高らかに歌い上げています。「諸行無常」という言葉は無常観を端的に表していますが、それに続く偈を思い浮かべる時、涅槃に象徴される仏の世界への入り口の意味も担っていたのです。この意味で「諸行無常」を冒頭に置く『平家物語』は、人々を仏の世界に導き入れようとする結縁《けちえん》の文学とも言えます。この物語が琵琶法師たちによって語られ、平曲《へいきょく》と呼ばれたこともよく知られています。琵琶法師たちは琵琶の力強くも物悲しい音色に乗せて物語を語ることで、人々に無常を教え、多くの人々を仏の世界へ導いたことでしょう。

『平家物語』冒頭のこの一節は、多くの日本人にとって『枕草子』『源氏物語』『方丈記』『徒然草』『奥の細道』などの冒頭部分とともに、必ずや暗誦すべき古典作品と言えます。まさに日本人の心の故郷《ふるさと》がここにあります。

・世間《よのなか》は霰《あられ》よなふ　笹の葉の上《え》の　さらさらさっと　降るよなふ　（『閑吟集』二三一）
・世の中は霰よの　笹の葉の上の　さらさらさっと　降るよの　（『宗安小歌集』一一）
・世の中は霰よの　笹の葉の上の　さらさらさっと　降るよの　（隆達節・五〇一・小歌）

『閑吟集』二三一番歌に「世間《よのなか》は霰《あられ》よなふ　笹の葉の上《え》の　さらさらさつと　降るよなふ」という小歌があります。「人生とはまるで霰のようだなあ。それは笹の葉の上に降る霰が、さらさらとあっという間に滑り落ちてしまうようなものだ」という意味です。

この歌の中の「世間《よのなか》」とは「現世」、すなわち「この世」そのものを指す言葉でした。人が「この世」で過ごす時間が、まるで笹の葉の上を霰が滑り落ちる間程度の短さであることを歌っています。つまり、人生の時間のあっけなさを歌っているのです。しかし、けっしてそれを嘆くのではなく、何かあきらめているかのような気分を漂わせる歌としています。

一方「世間」とは、また男女の仲を指す語でもありました。この歌の「世間」を恋愛関係の意味を中心に読めば、相思相愛の時間の短さを歌っていることになります。それは心変わりによる恋愛の破綻を意味するでしょう。その場合、この歌は人の心の無常を嘆く歌となります。人生、恋愛のどちらと受け取るにしても、この世での人の営みの儚さを、笹の葉の上の霰という比喩によって描いている歌なのです。

この歌には『宗安小歌集』と隆達節に「世の中は霰よの、笹の葉の上のさらさらさつと降るよの」というまったく同一の小歌が確認できます。「世間」と「世の中」、「なふ」と「の」は当てられた表記が異なるだけで、同じ言葉です。『閑吟集』の成立は永正一五年（一五一八）ですから、少なくともその頃には既に流行していた小歌であったことになり、隆達節の流行時期の文禄・慶長年間（一五九二～一六一五）まで約一〇〇年間も同じ歌詞の歌が流行し続けたことになるのです。中世人に長く愛唱された歌詞だったと言えます。ちなみに、この歌の歌詞は江戸時代に入ってからも継承され続けました。秀松軒と号する人物が元禄一六年（一七〇三）に刊行した『松の葉』の巻一・三味線組歌・琉球組にも「深山《みやま》おろしの小笹の霰の、さらりさらさらとしたる心こそよけれ」という歌が収録されています。

ここに挙げた三首の歌は冒頭に「世間（世の中）は」と置いて、それを「霰よなふ（の）」と比喩的に表現しています。そして両者の共通する点を「笹の葉の上の さらさらさつと 降るよなふ（の）」と説明します。言い換えれば、「〈世間（世の中）〉とかけて、〈霰〉と解く。その心は〈笹の葉の上の　さらさらさつと　降る〉」と同じ形式と言えます。これは日本語の言葉遊びの一種〝三段なぞ〟、いわゆる〝なぞかけ〟に相当する形式の歌です。室町小歌の中にこの形式の歌は数多くみられ、その機智が愛されたものと考えられます。古く和歌の初句に「我が恋は」や「我が袖は」と置いて、〝三段なぞ〟の形式で詠じた伝統がありますが、それを継承するものです。なお、『閑吟集』には四九番歌にも「世間《よのなか》はちろりに過ぐる　ちろりちろり」という歌がみられます。この歌は「ちろり」という一瞬の瞬きを表す擬態語により、「人生」や「男女の仲」のはかなさを歌った歌として、現代を生きる私たちの心にも共感を呼ぶものだと思います。

・世の中は　月に叢雲《むらくも》　花に風　思ふに別れ　思はぬに添ふ　（『日本風土記』所収「山歌」）

中国の明《みん》の時代に編集された『全浙兵制考《ぜんせつへいせいこう》』という書物がありますが、その付録として添えられた『日本風土記《にほんふどき》』と銘打つ一冊があります（135頁参照）。その中には当時の日本の流行歌謡であった室町小歌も記載されています。その一首に「世の中は　月に叢雲《むらくも》　花に風　思ふに別れ　思はぬに添ふ」があります。「この世の中は月には叢雲がかかり、花には風が吹き荒れる。そして愛しく思う人とは別れ、それほど愛しくは思わない人と添うことになるのだ。とかく憂き世はままならないものよ」という意味です。『日本風土記』に収録されたこの歌は、歌詞の日本語音が中国語の漢字で「揺那乃隔外紫気尼木頼枯木法乃尼革熱和慕尔外界里和慕外業蘇」と表記されています。そして、この歌には「琴譜」という名称が付けられていますので、琴を伴奏楽器として歌われていた歌謡であったようです。音数律は五・七・五・七・七の短歌形式で、現世のままならなさを主題としています。私たちは美しいものや愛する人をどんなに求めても得ることはできず、好ましくないものは常に我が身近くにあるというのです。仏教では現世での苦悩を四苦八句《しくはっく》と言います。四苦は人間存在そのものが、生まれてから死ぬまでに必ず身に受けることになる「生老病死《しょうろうびょうし》」の苦悩を指します。さらに「愛別離苦《あいべつりく》（愛する者と別れなければならない苦しみ）」「怨憎会苦《おんぞうえく》（憎む者と会わなければならない苦しみ）」「求不得苦《ぐふとくく》（求めても得られない苦しみ）」「五陰盛苦《ごおんじょうく》（五感から生ずる苦しみ）」の四つの苦悩を加えて八苦というのです。考えてみれば、「世の中は 月に叢雲……」の歌は八苦のうち、「愛別離苦」「怨憎会苦」「求不得苦」などを歌っていることがわかります。確かにある一面からすれば人生は苦そのものです。しかし、我々が自らの意志とは関係なく、日々生かされていることに思い至れば、日常のほんの些細な喜びであっても、それを大切にし、与えられた命を精一杯生き抜かなければならないと考えます。皆さんはいかがでしょうか。

・相思ふ　仲さへ変はる　世の慣《な》らひ　ましてや薄き　人な頼みそ

（隆達節・一一・小歌）

隆達節に「相思ふ　仲さへ変はる　世の慣《な》らひ　ましてや薄き　人な頼みそ」という歌がありま す。相思相愛の仲も、この無常の世ではけっして盤石なものではありません。ましてや、自分だけが一方的に思いを寄せるような恋愛はやめておけという忠告の歌です。「相思ふ仲」の関係の恋人と、「薄き人」とを対比させることによって、無常の世に生きる男女の恋愛の宿命と人の心の無常を歌っています。人の心の無常は隆達節をはじめとする室町小歌で、主題とされることが多かったものです。この歌では「さへ」「ましてや」という類型的な構文を用いることによって、いつの世も変わらない恋愛の真理を衝《つ》いています。その際に「な〜そ」という禁止の表現を用いていることも見逃せません。それによって、恋愛に関して熟知したいわば人生の先輩が、後輩に対してアドバイスを行う歌詞になるからです。誰もが求めてやまない恋愛の常住は、この無常の世ではけっして叶うことのない見果てぬ夢なのです。

この歌の音数律は五・七・五・七・七の短歌形式です。つまり、和歌と同じ音数律に乗せて歌われた歌謡ということになります。和歌と共通する音数律の歌詞を採りながら、この歌の表現は、和歌よりも口語的で強いものがあります。それは前述したような構文や表現を用いていることによるものですが、同時にそれは人々の心を強く捉える表現でもありました。口頭伝承によって広まっていく歌謡としてのインパクトを持った歌詞であると言えるでしょう。また、前半の五・七・五に当たる「相思ふ 仲さへ変はる 世の慣《な》らひ」が説得力を持った定理として、一種の慣用句のような性格を有していることも否めません。したがって、この五・七・五が単独で、連歌や連句の前句のような役割を担っていることになります。それに七・七の「ましてや薄き 人な頼みそ」という口語的な性格の強い七・七句を付けてこの歌詞が成立しています。このように分析してみると、この歌の持つ強さとしなやかさの両面を理解することができるように思います。

・縁さへあらば　またも巡り　逢はうが　命に定め　ないほどに　（隆達節・七五・小歌）
・命あらば　またもやめぐり　見もやせん　結ぶの神の　あらむ限りは　（『猿源氏草紙《さるげんじそうし》』）

隆達節には「縁さへあらば　またも巡り　逢はうが　命に定め　ないほどに」という歌があります。縁とは当人にはわからない無常の世における宿命のことです。自分はいつまでこの世に生きながらえることができるのか、生命のあるうちに昔親しんだ人と再び巡り会うことができるのか、という問いかけも、無常の風の前では空しくかき消されてしまいます。人の世で繰り返される偶然の営みすべてを、いわば必然として捉えようとするとき、そこに宿命という概念が介在してくるのではないでしょうか。偶然の積み重ねを必然と捉えることは、人間の視点を超えた神仏の視点に近いものと言えるでしょう。

人は誰もがよりよい人生を送ることを願いながら、日々悪戦苦闘を続けています。そのなかで他人との出会いもあります。人生と人生との交差点に存在するもの、それが出会いでしょう。生きている間に、何度も繰り返し交差する人生もあれば、並んでともに歩く人生もあります。

逆に一度も交差しないすれ違いの人生もあれば、一度だけ、あるいはきわめてわずかな回数だけしか交差しない人生もあります。掲出した小歌はこれまでの人生である程度の交差を重ねてきた人、もしくは並んでともに歩いてきた人と、今後の人生では交差する機会があるかどうかわからない状況を歌っています。この歌の抒情を、過去に恋愛関係にあった男女間のものと考えることもできますし、親しくしていた友人間のものと捉えることもできるでしょう。つまり、この歌は広く人生の区切り目となる別れの折の抒情と言えるのです。現世での再会は、縁と呼ばれるこの世の宿命に左右されるものであり、しばしば無常のために阻《はば》まれることもあったのです。なお、渋川版の御伽草子の一編『猿源氏草紙』には、「命あらば　またもやめぐり　見もやせん　結ぶの神の　あらむ（原文の「ぬ」は誤り）限りは」という和歌が、物語中に収められています。掲出した隆達節とよく似た内容を歌っていますが、こちらでは「縁」のかわりに「結ぶの神」を引き合いに出しています。いずれにしても、再会には命と縁（結ぶの神）の両方が必要ということになるのです。

・千歳旧《ちとせふ》るとも　散らざる花と　心の変はらぬ　人もがな　（隆達節・二五九・小歌）
・比翼連理《ひよくれんり》の　語らひも　心変はれば　水に降る雪　（隆達節・三九一・小歌）
・天に棲《す》まば　比翼《ひよく》の鳥とならん　地に在《あ》らば　連理《れんり》の枝とならん　味気《あじき》なや　（『宗安小歌集』二〇五）

恋愛中の相手の心変わりは、恋歌の最大のテーマとして、いつの世にも歌われ続けてきました。隆達節の「千歳旧《ちとせふ》るとも　散らざる花と　心の変はらぬ　人もがな」は「千年のような長い時間が経過しても咲き続けていて散らない桜の花と、心変わりをしない恋の相手があってほしいものよ」という意味になります。主題はずばり後半の心変わりをしない恋人が欲しいという願望にあります。いつまでも変わらずに自分のことを愛し続けてくれる相手、それは誰でも欲しいと思うことでしょう。しかし、千年もの間咲き続ける桜の花がないように、そんな恋の相手はいないのです。恋人の心変わりは、すなわち人の心の無常を意味しています。人間存在自体が無常である以上、はかない存在である人間の心は、それよりもさらに儚いものなのです。

隆達節の歌「比翼連理《ひよくれんり》の　語らひも　心変はれば　水に降る雪」は、白居易『長恨歌』の「比翼連理」をそのまま使って、仲睦まじい相思相愛の男女関係を歌っています。「比翼連理」は天にあれば羽を並べて飛び、地にあれば同じ木の枝となるという意味です。『源氏物語』に引用されたことでも知られています。『宗安小歌集』二〇五番歌には、「天に棲《す》まば　比翼《ひよく》の鳥となららん　地に在《あ》らば　連理《れんり》の枝とならん　味気《あじき》なや（天空に棲むならば、羽を並べて飛ぶ鳥となり、地上にいるならば、同じ木の枝となろうとまで誓ったのに、何とつまらないことよ）」という歌謡もみられます。

隆達節の「比翼連理の……」の歌に話を戻しますと、そんな「比翼連理」を誓った仲睦まじい男女でも、心変わりをすれば、水の上に降る雪のように、跡形もなく空《むな》しく消えてしまうことよ、と言っているのです。「心変はれば水に降る雪」という表現はきわめて映像的で秀逸な比喩と言えるでしょう。「水に降る雪」の比喩は、既に『閑吟集』二四八番歌に「水に降る雪　白うは言はじ　消え消ゆるとも」、『宗安小歌集』七〇番歌に「我が恋は水に降る雪　白うは言はじ　消ゆるとも」などがあります。二首ともに「私の恋は水に降る雪のように空しい恋だ。けっしてはっきりとは言うまい、たとえ我が身は消えてしまったとしても」という意味です。このように隆達節を含む室町小歌には、現代人も舌を巻くような秀逸な比喩が多くみられるのです。

なお、隆達節に続く江戸時代初期に行われた『女歌舞伎踊歌《おんなかぶきおどりうた》』の「かきつばた」にも「……なにはのことも水に降る雪 浮世は夢よただ遊べ」と歌われました。

隆達節の「比翼連理の……」という歌の継承歌謡としては、『淋敷座之慰《さびしきざのなぐさみ》』（延宝四年〈一六七六〉成立）琴歌・五組「朝顔」の「比翼連理の語らひも 替はれば替はる世のならひ さりとて恨むまじ 昔は情《なさ》けありしを」が挙げられます。古く平安時代に知識人たちの間で愛読された『長恨歌』が、歌謡の歌詞として取り込まれることによって、江戸時代に至るまで日本人の口の端に上《のぼ》せられたことになります。このような教養の継承と蓄積こそが文化と言えるのです。

・老いぬれば　さらぬ別れも　ありと言へば　いよいよ見まく　ほしき君かな
（『古今和歌集』雑上・九〇〇・在原業平の母／『伊勢物語』第八四段）

・世の中に　さらぬ別れの　なくもがな　千代もと嘆く　人の子のため
（『古今和歌集』雑上・九〇一・在原業平／『伊勢物語』第八四段）

・世の中に　たえて桜の　なかりせば　春の心は　のどけからまし
（『古今和歌集』春上・五三・在原業平／『伊勢物語』第八二段）

・世は定めなきこそいみじけれ。
（『徒然草』第七段）

『古今和歌集』に撰び入れられた歌で『伊勢物語』にも収録されている和歌は数多くあります。そのなかでもとりわけ読者の琴線に触れる歌のやりとり、すなわち和歌の贈答は、業平の母の「老いぬれば　さらぬ別れも　ありと言へば　いよいよ見まく　ほしき君かな」と、業平の返歌「世の中に　さらぬ別れの　なくもがな　千代もと嘆く　人の子のため」ではないでしょうか。現代語訳を付けるとすれば、業平の母の「私はすっかり齢をとってしまいましたので、死別という避けられない別れがあるということですから、ますますお会いしたく思われてならないあなたです」という歌に対して、業平が「この世の中に避けられぬ死別というものがなければいいのになあ。親に千年も長生きしてほしいと祈る子である私のために」と返したことになります。『伊勢物語』によれば、母は長岡（現在の京都府長岡京市）に住んでいたため、京都で宮仕えをしている業平とは頻繁に会うことができなかったようです。そんな母から業平宛に突然手紙が届きました。そこに記されていたのが「老いぬれば……」の歌でした。業平は日頃の無沙汰を申し訳なく思いながら、「世の中に……」という返事の歌を送ったと言います。

ところで、業平には「世の中に……」で始まる秀歌が他にもあります。「世の中に　たえて桜の　なかりせば　春の心は　のどけからまし」がその歌です。先に紹介した贈答歌と同様に、『古今和歌集』と『伊勢物語』の両方に採られています。現代語での意味は「この世の中に、桜というものがまったくなかったならば、散る花に心を悩ませることもなく、春をのどかな気持ちで過ごせることでしょうに」となります。業平が「世の中に……」と歌うときには、その後に現世では絶対にありえないことが願望として歌われるのです。死別という定めがなければいいのに、散ってしまう花をつける桜の木がなければよいのにという具合です。つまり、ともにこの世が無常であることに起因する人間の悲しみや悩みを歌っているわけです。

兼好は『徒然草』第七段の中で、「世は定めなきこそいみじけれ（この世は無常であるからこそ素晴らしいのだ）」と記しています。つまりこの世が美しく、人が愛情をもって生きることができるのは、無常であるからだと言い切っています。確かに、人間が永遠の寿命を獲得することになれば、生老病死《しょうろうびょうし》に一喜一憂することもなくなります。また、気候も一定で変化せず、植物も芽生えたり、茂ったり、枯れたりすることがなければ、季節の移り変わりを趣深く味わうこともなくなるように思います。現実の世のすべてが無常であるからこそ、この世は愛おしく、また美しいのかもしれません。

・朝有紅顔誇世路（朝《あした》に紅顔《こうがん》あって世路《せいろ》に誇れども） 暮為白骨朽郊原（暮《ゆうべ》に白骨となって郊原《こうげん》に朽ちぬ）
（『和漢朗詠集』無常・七九三・藤原義孝）

・宵《よい》に見し人朝《あした》に死し、朝にありしたぐひ夕《ゆうべ》に白骨となる。喜びもさむる時あり、嘆きも晴るる末あり。
（『撰集抄《せんじゅうしょう》』巻一―二）

・朝《アシタ》ニハ紅顔アリテ、夕《ユウベ》ニハ白骨トナレル身ナリ。
（蓮如《れんにょ》『御文《おふみ》』）

藤原義孝（天暦八年〈九五四〉～天延二年〈九七四〉）は「君がため惜しからざりし命さへ長くもがなと思ひけるかな（あなたと逢うためには惜しくもないとまで思っていた私の命でしたが、あなたとお逢いしてからは、長くあってほしいと思うようになったことです）」の一首が『百人一首』に採られていることで、今日でも歌人として知られています。摂政や太政大臣を務めた藤原伊尹《これただ》の三男（四男という説もあります）でした。子に三蹟の一人藤原行成《ゆきなり》がいました。『大鏡』によれば、二十一歳であった天延二年の秋、当時流行していた疱瘡《ほうそう》にかかり、兄の挙賢《たかかた》と同日に没したと伝えられています。九月一六日の朝に挙賢が、夕方に義孝が死亡したとされているのです。

そんな義孝の創作した漢詩句が「朝有紅顔誇世路《あしたにこうがんあってせいろにほこれども》暮為白骨朽郊原《ゆうべにはっこつとなってこうげんにくちぬ》」です。現代語訳すれば「朝方には紅顔をもってこの世に誇らしげにしているけれど、夕方にはたちまち死を迎え、その白骨が野外で朽ち果ててしまう」となります。まさに命の無常を歌っています。この漢詩句で義孝は「朝」と「暮」を対句としていますが、同日の朝に兄が亡くなり、夕方には自らが亡くなったとすれば、何とも皮肉な修辞と言えそうです。

西行（元永元年〈一一一八〉～文治六年〈一一九〇〉）を作者に仮託する意図を持った説話集『撰集抄』（一三世紀半ばから後半にかけて成立）には、義孝の漢詩に似た表現がみえます。それは巻一の第二話「親の処分を故なく人に押し取られ、遁世せる人の事」という表題の話のなかにあります。親の遺産を他人に奪われた人が、祇園に籠り、仏の夢告を得て世の無常を悟り、京都白川の辺りに庵を結びました。その人が世の無常を悟った時の一節が「宵《よい》に見し人朝《あした》に死し、朝にありしたぐひ夕《ゆうべ》に白骨となる。喜びもさむる時あり、嘆きも晴るる末あり」です。意味は「前の晩に会った人が翌朝には死に、朝には元気であった人がその夕方には亡くなって白骨となる。人生の喜びも醒めてしまう時もあるし、逆に嘆き悲しむ気持ちも晴れることがある」というものです。この一節が『和漢朗詠集』所収の藤原義孝の漢詩句を踏まえていることは言うまでもありません。

浄土真宗中興の祖蓮如（応永二二年〈一四一五〉～明応八年〈一四九九〉）の『御文《おふみ》』（『御文章《ごぶんしょう》』とも言います）に『白骨の御文（御文章）』と呼ばれる著名な一編があります。その名の由来は「朝《アシタ》ニハ紅顔アリテ、夕《ユウベ》ニハ白骨トナレル身ナリ」という印象深い一節があるからです。これも『和漢朗詠集』の義孝の漢詩句を踏まえています。

人間は一皮剝けば誰でも同じ骨であるとは、古くから言われている言葉です。室町時代の禅僧一休宗純の伝説が江戸時代に数多く生み出されましたが、そのなかに一休と蜷川新右衛門《にながわしんえもん》の狂歌問答というものがあります。蜷川が「骨隠す　皮には誰も　迷ひけん　美人といふも　皮のわざなり（骨を隠す皮膚に誰もが迷ってしまうのだろう。しょせん美人というのも皮膚だけのことなのに）」と一休に送ってきたのに対し、一休は「皮にこそ　男女の　隔てあれ　骨には変はる　跡形もなし（皮膚によってこそ男女の相違はみられるが、骨にはまったく違いがないのだ）」と返したという問答が残っています。人の命とははかないものです。白骨とは無常の存在である人間の本質を鋭く言い当てた言葉だったのです。

・若きにもよらず、強きにもよらず、思ひかけぬは死期《しご》なり。（『徒然草』第一三七段）
・死は前よりしも来たらず、かねて後ろに迫れり。（『徒然草』第一五五段）
・人はただ、無常の身に迫りぬることを心にひしとかけて、つかのまも忘るまじきなり。（『徒然草』第四九段）

『徒然草』第一三七段は兼好の美意識が具《つぶさ》に記された章段として、前にも紹介しました。章段の冒頭の一文は「花は盛りに、月はくまなきをのみ、見るものかは」で、ものごとの盛りの状態だけを素晴らしいと考えるべきではないとの見解が示されています。兼好は同じ章段の中で「若きにもよらず、強きにもよらず、思ひかけぬは死期《しご》なり」とも記しています。つまり「年齢の若いのにも、身体の強壮なのにもかかわらず、思いがけなくやって来るのは人の死ぬ時期である」というのです。「老少不定《ろうしょうふじょう》」という仏教的な概念を示す四字熟語がありますが、兼好のこの一節はまさにそれを和語で説明した内容となっています。

兼好は第一五五段にも「死は前よりしも来たらず、かねて後ろに迫れり（死というものは人の前方からやって来るものではない。前々から人の後方に迫っているものである)」と記しています。この一節のある第一五五段は「世に従はん人は、先づ機嫌を知るべし」で記し始める章段です。「世の中の風習に従って生きていこうとする人は、何をおいてもまずそれが都合よくゆく時機を知らなければならない」というのです。ただし例外があって、病気、出産と死だけは、自分の意志で時機を選べるようなものではないので、それには当たらないとしています。

また第四九段には「人はただ、無常の身に迫りぬることを心にひしとかけて、つかのまも忘るまじきなり」、すなわち「人間というものはひたすら無常が我が身に迫り来ていることを、心の中にしっかりと理解して、一瞬も忘れてはならない」という一節があります。『徒然草』には、随所にこのような無常観が表明されています。これらは一見すると、いつ命が終わるかもしれないという脅しのような言葉の連続です。しかし、兼好の本当の意図は、人間に与えられた時間が短いことを自覚して、その短い時間をどのように過ごすかを考えるべきだと主張することにあったと思われます。つまり言い換えれば、無常とは限られた時間ということに他なりません。私たちは生命の続く間の短い時間を、どのように有意義に生きるかを常に考えなければならないのです。その大きな課題を、明るく前向きに考えられるかどうかが、人生の成否の大きな分かれ目になるのではないでしょうか。

・無常を知ると知らざるとは、執心《しゅうしん》の有ると無きとに分《わ》かれたり。

（無住『沙石集』）

無住道暁（嘉禄二年〈一二二六〉～正和元年〈一三一二〉）という名の僧侶が鎌倉時代にいました。彼の編纂した仏教説話集に『沙石集《しゃせきしゅう》』（弘安六年〈一二八三〉成立）があります。『沙石集』という題名は「沙《すな》から金を、石から玉を引き出す」ことに由来しています。つまり沙や石に譬えられる身近で世俗的な内容の話から、仏教の要諦を導き出し、教訓とすることを目的とした説話集なのです。広く日本・中国・インドから題材を求め、内容的にも様々な説話を収録しています。その軽妙な語り口は、後代の文学作品や芸能に多大な影響を与えました。

そんな『沙石集』巻八ノ五「死の道知らざる人の事」に「無常を知ると知らざるとは、執《しゅう》心《しん》の有ると無きとに分《わ》かれたり」という一節があります。「無常を弁《わきま》えているかどうかは、執着の有無によって分かれる」というのです。つまり一切の執着心が捨てられれば、この世を無常と認識できるということを述べています。確かに執着心は欲望から来るものです。どんなに求めても得られないこと、またたとえ得られたとしても、それがほんの一時のことと知れば、欲望自体が空しいものに思えてきます。このような境地に達すれば、この世のものはすべて常ではない、変わらないものは何ひとつない、人の心も変わってしまうものである、そもそも人の命ほどはかないものはないなどと簡単に悟ることができるわけです。逆に言えば、この世が無常であることを深く認識している人は、いたずらに欲望を持たず、執着心もなくなるということでしょう。執着心を離れることと、無常を悟ることは表裏一体の関係にあるのです。

私たちはよりよく生きたいと願い、その結果様々な欲望を持ちます。それはある意味で理に適ったことであり、けっして咎められるようなものではありません。しかし、いつも欲望にとらわれていると、それを叶えようとするために、時には人を傷つけてしまうこともあります。また、希望通りに事態が進まないことで、何よりも自分自身を疲弊させ、苦しめることになりかねません。その意味で仏教が教える「執心を離れよ」という言葉には、万金の重みがあると言えるのです。

・故郷《ふるさと》や 臍《へそ》の緒に泣く 年の暮れ

（松尾芭蕉『笈《おい》の小文《こぶみ》』）

松尾芭蕉の故郷は、三重県伊賀市です。市内には現在も芭蕉の生家が残されています。私はかつて芭蕉の生家を訪れましたが、そのときに大きな感動を覚えたことを今も忘れません。この家で芭蕉が子ども時代から青年時代までを過ごしたのかと思うと、実に感慨深いものがありました。芭蕉は二十九歳で江戸に生活の拠点を移した後も、折々帰省しました。貞享四年（一六八七）一〇月に江戸を出発し、尾張国の各地を巡った後、年末に帰省した折に詠んだという有名な句があります。それは「故郷《ふるさと》や 臍《へそ》の緒に泣く 年の暮れ」です。その句も眼前のこの家で詠まれたと思うと、強く心打たれるものがありました。その時の帰省については、『笈の小文』（宝永六年〈一七〇九〉刊）に記録されています。実家を出立した芭蕉は、その後伊勢、吉野山、高野山、和歌の浦、奈良、大坂（阪）、須磨、明石を旅しました。

句の意味は明瞭ですが、あえて現代語訳を付ければ、「年末に故郷の家に帰省して、今は亡き父母が大切に保管してくれてあった私の臍の緒を見ると、涙がこぼれてきてしまうことよ」

となります。短い五・七・五音のなかに、故郷や父母への万感の思いが込められています。人の一生はこの世に生んでもらうところから始まります。そして、子ども時代には愛情深く育ててもらい、成人して世の中に出ます。たとえ新しい家庭を築き、自らが父や母の立場となったとしても、一方では自分を生み、育ててくれた父母の息子や娘であり続けます。芭蕉は生涯婚姻関係を持たなかったので、自ら父となることはありませんでしたが、息子ではあり続けました。それは父母を亡くしてからも同様でした。妻子を持たず、故郷を遠く離れた江戸で暮らすようになった芭蕉にとっては、故郷はひときわ恋しいものだったに違いありません。故郷は肉体的にも、精神的にも自分を生み、育ててくれたありがたくも懐かしい場所だったのです。人は皆、自らの人生を送るなかで、幾多の困難に出会うものです。そんなとき、常に自分を励まし、支えてくれるのは故郷ではないでしょうか。故郷とは単に生まれた場所、父母の住む場所というのではなく、心のよりどころを指す言葉でもあるのです。

祝言

・長生殿《ちょうせいでん》の うちにこそ 千歳《ちとせ》の春秋《はるあき》 とどめたれ 不老門《ふろうもん》をし 立てつれば 年は行けども 老いもせず

（『古今目録抄《ここんもくろくしょう》』紙背今様《しはいいまよう》）

今様は平安時代後期に流行した流行歌謡です。時の帝王後白河院（大治二年〈一一二七〉～建久三年〈一一九二〉）が今様の熱烈な愛好者で、自ら歌集『梁塵秘抄《りょうじんひしょう》』を編集したことはよく知られています。今様の歌詞は『梁塵秘抄』以外にも、様々なものに書き留められました。そのひとつに『古今目録抄《ここんもくろくしょう》』という書物の一写本の紙の裏（紙背）に書き留められた今様の歌詞があります。ちなみに『古今目録抄』とは、『聖徳太子伝私記』とも呼ばれ、聖徳太子に関する伝承や法隆寺の歴史を記した書物です。その今様は「長生殿《ちょうせいでん》の うちにこそ 千歳《ちとせ》の春秋《はるあき》とどめたれ 不老門《ふろうもん》をし 立てつれば 年は行けども 老いもせず」です。現代語訳すれば「長生殿のなかに入れば、そこは千年の歳月が流れもせず留まっている。不老門という名の門が建てられているが、そこでは歳月が流れても老いるということはない」となります。「長生殿」とは、中国唐代に造営された華清宮にあった宮殿の名です。また「不老門」は中国の都であった洛陽に建てられた城門のひとつの名前です。この歌はすなわち、中国唐代の玄宗皇帝の長寿を寿ぐ歌詞となっています。なぜ日本の流行歌謡に、このような中国の皇帝に関わる歌詞が出てくるのかと言えば、それはある漢詩句に基づいているからです。『和漢朗詠集』祝《いわい》の慶滋保胤《よししげのやすたね》の漢詩句「長生殿裏春秋富《ちょうせいでんのうちにはしゅんじゅうとめり》 不老門前日月遅《ふろうもんのまえにはじつげつおそし》」がそれです。これも日本人が創作した漢詩句ではありますが、『白氏文集《はくしもんじゅう》』などで知られる中国の宮殿や城門の名前を用いて、長寿を祈る内容となっています。古代の日本は中国の文化や文学の影響を強く受けていました。そして、中国の皇帝たちが長寿を切望し、建築物にそれにあやかる名前をつけていたことも承知していたのです。長寿を冀《こいねが》う気持ちは、同じ無常の身を持つ日本人も中国人も何ら変わることがなかったのです。

・君が代は　千代に八千代に　さざれ石の　巌《いわお》となりて　苔のむすまで

（隆達節・一三五・小歌）

・末の松山　さざ波は越すとも　御身《おんみ》と我とは　千代を経《ふ》るまで

（隆達節・二二七・小歌）

「君が代は　千代に八千代に　さざれ石の　巌《いわお》となりて　苔のむすまで（あなたの寿命は永く永く続いてほしい。さざれ石が大きな岩となって、それに苔が生《む》すくらいまで）」は、言わずと知れた著名な歌で、明治時代以降には国歌とされました。古くは歌い出しを「我が君は」として、『古今和歌集』にも選び入れられた詠み人知らずの祝い歌でした。この歌の主題は長寿で、相手に歌いかけることによって、相手の長寿を祈り、寿《ことほ》ぐものでした。「君」は恋人であり、また周辺のすべての人に向けられた二人称です。〝言霊《ことだま》〟と呼ばれる言葉の力を信じる気持ちを持っていた古代の日本人は、長寿を願い、予祝する歌を実際の長寿を引き寄せる歌と考えていました。現実には小さな砕けた「さざれ石」が、成長して「巌」となることはありえないことです。この歌を作り、また歌ってきた人々も当然ながらそのことはわかっていました。つまり起こりえないことを歌うことによって、永遠の時間を表現し、相手の寿命が末長く続くことを願ったのです。あまつさえ、その巌に苔がむすまでの時間を加えて、だめ押しをしています。これが昔の日本人の心でした。この歌は延々と歌い継がれ、平安時代の『古今和歌六帖』『和漢朗詠集』の中にも、「我が君は」として収録されています。なお、この歌の「さざれ石」を、集積した小石の隙間に、炭酸カルシウムや水酸化鉄が入り込んで凝集した岩石（学術的名称「石灰質角礫岩」）と考える説もありますが、私はその説を採りません。

　南北朝時代に至ると、冒頭が「君が代は」と替えられて歌われるようになりました。伏見宮貞成《さだふさ》親王（後崇光院《ごすこういん》）が関与して成立したと考えられる『朗詠九十首抄《ろうえいくじゅっしゅしょう》』には、歌い出しを「君が代は」とする歌詞で掲載されています。『朗詠九十首抄』は実際に歌われていた朗詠を譜入りで収録した本ですから、同書に収録されたということは、この歌が「君が代は」の歌詞で、実際の歌謡として歌われていたことを意味しています。それに影響されたのが『和漢朗詠集』の中世成立の写本でした。この歌はその後次第に「我が君は」から脱却し、「君が代は」の歌詞で収録されるようになっていきます。そして、それが小歌の曲節にも合せて歌われるようになったのです。そんな時代に登場したのが高三隆達でした。隆達はこの歌詞に独自の節付けをして、自らの持ち歌としたと考えられます。当時日本に滞在していたポルトガル人宣教師のジョアン・ロドリゲスは、『日本大文典』（慶長九年〈一六〇四〉～一三年〈一六〇八〉長崎刊）の中で、「小歌」として「君が代は」の歌詞を掲載しています。つまり、小歌である隆達節のこの歌が、当時の流行歌として広まっていたことがわかるのです。また、物語の時代を慶長年間に設定する仮名草子『恨《うらみ》の介《すけ》』にも、酒宴の最初の場面で「当世はやる隆達節」としてこの歌を登場させています。「君が代は」の歌が隆達節を代表する歌であったことが垣間見られるでしょう。祝い歌を冒頭に歌うのは、我が国の芸能の伝統でした。したがって数多くある隆達節の歌謡のなかから、祝い歌であるこの歌を選んで〝いの一番〟に歌うことは常のことでした。隆達節の歌本の多くに、この歌が冒頭に置かれているのはそのためです。

同じ「千代」を歌う隆達節に、「末の松山　さざ波は越すとも　御身《おんみ》と我とは　千代を経《ふ》るまで」があります。現代語訳すれば「あの末の松山に寄せる小さな波が山を越えてしまったとしても、あなたと私との恋仲は永遠に続いてほしいものです」となります。この隆達節は『古今和歌集』の東歌《あずまうた》・一〇九三「君をおきて　あだし心を　我が持たば　末の松山　波も越えなむ」を踏まえた歌です。「末の松山」は陸奥国を代表する歌枕で、現在の宮城県多賀城市にあります。その山は海岸沿いに位置しているものの、けっして波が越えることはないとされ、変わらぬ愛情を誓う際に引き合いに出される山でした。したがって、『古今和歌集』東歌は「万一私があなたをさしおいて、他の異性へ心惹かれるようなことがあったなら、あの末の松山に波が越えてしまうことだろう」という意味になります。隆達節ではこの古歌を逆手に取り、「たとえまかり間違って、小さな波が末の松山を越えるようなことがあったとしても、二人の愛情はいつまでも変わらず、ともにありたいものだ」という願望が歌われているのです。表現の上では隆達節にも収録され、今日国歌ともされる「君が代」に代表される祝い歌に近いものがあります。すなわち、「君が代」では「さざれ石の巌となりて」と、小石が大きな岩石になるという現実にはありえないことを歌っています。それによって悠久の時間を表現しているのです。一方、この隆達節では大波ではなく、「さざ波」、すなわち小さな波が山を越すという通常ありえない設定を採っており、そこに共通性があります。「さざれ石」の「さざれ」と「さざ波」の「さざ」は、ともに小さいことを意味する同じ語源の言葉で、「さざら」としても用いられました。古くは清音で「ささ」「さされ」「ささら」と発音されたようです。

なお、『宗安小歌集』八六番歌に「末の松山　波は越すとも　忘れ候まじ　忘れ候まじ」という歌があり、國學院大學が所蔵している『二八明題集《にはちめいだいしゅう》』という写本には、「末の松山　波越すとも　御変《おか》はりあるな　命あらば　千代を経ても　飽くまじや　我が思ひ人」という小歌が書き入れられています。どちらの歌詞も隆達節の「末の松山……」に類似していますが、それぞれ一味違った趣があります。

・こなた百まで　わしゃ九十九まで　髪に白髪《しらが》の　生《は》ゆるまで

（『山家鳥虫歌』和泉・七八）

・老いせぬ千世の　松坂や　谷間の岩に　亀遊ぶ

（『山家鳥虫歌』越後・二三三）

『山家鳥虫歌』には人生の機微を穿った軽妙な歌謡が数多く収録されています。その一首で、現代に至るまで人口に膾炙している歌として「こなた百まで　わしゃ九十九まで　髪に白髪《しらが》の生《は》ゆるまで」があります。「あなたは百歳まで、私は九十九歳まで、互いに白髪の生えるまで人生を共にしましょう」の意味です。この歌は元禄年間から享保年間（一六八八〜一七三五）頃に出版された『踊口説集《おどりくどきしゅう》』や、その名の通り延享五年（一七四八）に書写された『延享五年小歌しやうが集』、明和四年（一七六七）成立の『春遊興《しゅんゆうきょう》』など江戸期の多くの流行歌謡集に収録されたきわめて著名な歌でした。『山家鳥虫歌』には和泉国の歌として収録されていますが、日本全国で愛唱された歌と考えられます。歌の主題が偕老同穴《かいろうどうけつ》であることは言うまでもありません。我が国では古くから能『高砂』の老夫婦が、高砂と住吉の相生（相老い）の松の精として崇《あが》められ、縁起のよいものとして尊重されました。すなわち、共に老いて生きる夫婦はめでたいものの象徴だったのです。

『山家鳥虫歌』には「老いせぬ千世の　松坂や　谷間の岩に　亀遊ぶ」という歌もあります。「永遠に老いることのない松坂よ、谷間の岩の上では長寿の亀が遊んでいることよ」の意味です。末永い命を持つものの象徴である松と亀を歌い込んだめでたい歌詞です。無常を実感してきた我々の先祖たちは、長寿を予祝する歌詞の歌を歌うことによって、その言葉の持つ力、すなわち言霊《ことだま》の効力で、少しでも幸せな人生が送れることを願ったのでした。

・玉不磨無光　無光為石瓦（玉磨かざれば光無し　光無きを石瓦とす）　人不学無智
無智為愚人（人学ばざれば智無し　智無きを愚人とす）
（『実語教《じつごきょう》』）

『実語教』は平安時代に成立した教訓的な内容の書物で、鎌倉時代以降、明治時代に至るまで、子ども向けの教科書として広く普及していました。儒教的な色彩が強く、また対句構成で暗記しやすかったため、江戸時代には寺子屋の素読用教材として用いられていました。作者は弘法大師とされていますが、後代の人が大師の作に仮託したものです。福沢諭吉『学問のすすめ』には『実語教』からの引用が多く見られ、『実語教』を下敷きにしたとまで言われるほどです。『実語教』のなかに「玉不磨無光《たまみがかざればひかりなし》 無光為石瓦《ひかりなきをいしかわらとす》」「人不学無智《ひとまなばざればちなし》 無智為愚人《ちなきをぐじんとす》」という対句の言葉があります。意味は「宝石が原石のまま磨かなければ光らない。それを石瓦と呼ぶ。同じように人が学ばなければ知恵は付かない。知恵のない者を愚人と呼ぶ」となります。この言葉は、もともと『礼記《らいき》』にある「玉琢《みが》かざれば器《うつわ》を成さず。人学ばざれば道を知らず」によったものです。『実語教』にはこのようなわかりやすい教訓の言葉が数多く収録されているのです。以下に有名なものを挙げておきましょう。

山高故不貴　以有樹為貴　（山高きが故に貴《たっと》からず。木有るを以て貴しとす）
人肥故不貴　以有智為貴　（人肥えたるが故に貴からず。智《ち》有るを以て貴しとす）
富是一生財　身滅即共滅　（富《とみ》は是《これ》一生の財《たから》。身滅《みめっ》すれば即ち共に滅す）
智是万代財　命終即随行　（智は是万代《ばんだい》の財。命終われば即ち随《したが》って行く）
倉内財有朽　身内財無朽　（倉の内の財は朽《く》つること有り。身の内の財は朽ちること無し）
雖積千両金　不如一日学　（千両の金を積むと雖《いえど》も、一日の学に如かず）
財物永不存　才智為財物　（財物永く存せず。才智を財物とす）
人而無智者　不異称木石　（人として智無きは、木石に異ならず）

いずれも意味が明瞭で、しかも含蓄のある言葉ばかりです。私たちもこれらの言葉を胸に、日々精進していくことが必要なのだと思います。

索　引

凡　例

ここに収録する索引は本書で引用した古典詩歌、古典文学作品中の言葉です。本文と同様に漢字の読みは現代仮名遣いを用い、五十音順で掲載します。算用数字は本書のページを示しますが、ゴシック体の数字は見出しに掲出した詩歌や言葉が、また明朝体の数字は本文の解説文中に引用した詩歌や言葉が収録されているページを表します。

索引の項目は原則として第二句までを見出しとして掲出しましたが、区別をつけるため第三句目まで掲出したものもあります。また、定型でない歌謡や言葉のなかには初句までとしたものもあります。なお、途中の句読点や括弧等は省略しました。

【カ行】

【サ行】

【タ行】

おわりに

二〇一五年八月、私は大阪府八尾市の広大な更地の前に立っていました。そこはかつて五階建てのアパート十数棟が所狭しと建っていた場所でした。そして、その場所は私が三十一歳の春から三十二歳の冬まで、ちょうど一年間生活した場所でした。今から四半世紀も前のことです。鴨長明は『方丈記』の中で、「玉敷《たましき》の都のうちに、棟《むね》を並べ、甍《いらか》を争へる、高き、賤《いや》しき、人の住ひは、世々を経て、尽きせぬものなれど、これをまことかと尋ぬれば、昔ありし家は稀なり。或ひは去年《こぞ》焼けて、今年造れり。或ひは大家滅びて、小家となる」と記しました。眼前の光景はまさにこれでした。また、ここに暮らしていた一〇〇〇人を超える住人たちも、散り散りに去って行ったのです。いにしえの日本人はこういった光景を目にするたびに、自らが生きてきた時間の長さと、世の無常を痛感し、琴線に触れる珠玉の言葉を残してきました。無常を目の当たりにし、何とも言えないほどの切ない思いが沸き起こり、それを口の端に上《のぼ》せたいと痛感したとき、私の言葉があまりにも貧困であることに愕然とします。いつもそんな私の傍らにあって、心を支えてくれるのは先達たちの名言です。私は若い頃から、古典文学を友とすることは人生を豊かにすることだと考えてきました。しかし、今痛感することは、古典文学の持つ力はけっしてそれに留まるものではなく、精神までをも救ってくれるものだということに他なりません。

人は誰でも必ず老いを迎えます。そんなとき古典文学を身近に置けば、心の支えになるのではないかと痛感します。本書はそんなところから誕生しました。読者の皆様には、本書に収められた先人たちの言葉や歌詞から、様々なものを感じ取り、学ぶことによって、長い老いの時間を積極的に愉しんでいただきたいと思います。本書をそのきっかけとしていただけるのであれば、これに勝る喜びはありません。そして、さらに古典文学の森に深く分け入りたいと願う方は、町の図書館にある新日本古典文学大系（岩波書店）や新編日本古典文学全集（小学館）といった本を手に取られるとよいでしょう。また、角川書店からは「ビギナーズクラシックス」という携帯しやすい文庫版のシリーズも刊行されています。それらの書籍で古典文学の原文を鑑賞し、現代語訳を読むことが可能です。皆様の末永いご多幸をお祈り致しております。

小野　恭靖（おの　みつやす）
1958年8月18日　静岡県沼津市に生まれる
1981年3月　早稲田大学第一文学部日本文学専攻卒業
1988年3月　早稲田大学大学院博士後期課程単位取得退学
学位　博士（文学）
現職　大阪教育大学教育学部教授
著書『中世歌謡の文学的研究』（1996年，笠間書院）
『「隆達節歌謡」の基礎的研究』（1997年，笠間書院）
『ことば遊びの文学史』（1999年，新典社）
『近世歌謡の諸相と環境』（1999年，笠間書院）
『歌謡文学を学ぶ人のために』（1999年，世界思想社）
『絵の語る歌謡史』（2001年，和泉書院）
『和歌のしらべ』（2005年，ドゥー）
『ことば遊びの世界』（2005年，新典社）
『子ども歌を学ぶ人のために』（2007年，世界思想社）
『韻文文学と芸能の往還』（2007年，和泉書院）
『ことば遊びへの招待』（2008年，新典社）
『さかさことばのえほん』（2009年，鈴木出版）
『ことばと文字の遊園地』（2010年，新典社）
『戦国時代の流行歌 高三隆達の世界』（2012年，中央公論新社）
『歌謡文学の心と言の葉』（2016年，和泉書院）

古典《こてん》の叡智《えいち》 ―― 老いを愉しむ　　新典社選書 81

2017年2月1日　初刷発行

著　者　小野　恭靖
発行者　岡元　学実

発行所　株式会社　新典社

〒101－0051　東京都千代田区神田神保町1－44－11
営業部　03－3233－8051　編集部　03－3233－8052
FAX　03－3233－8053　振　替　00170－0－26932

印刷所　惠友印刷㈱　製本所　牧製本印刷㈱

ISBN 978-4-7879-6831-9 C0395
http://www.shintensha.co.jp/　E-Mail:info@shintensha.co.jp